光文社文庫

文庫書下ろし／長編時代小説

間者《かんじや》

鬼役 [六]

坂岡　真

この作品は光文社文庫のために書下ろされました。

目次

幕府の職制組織における鬼役の位置

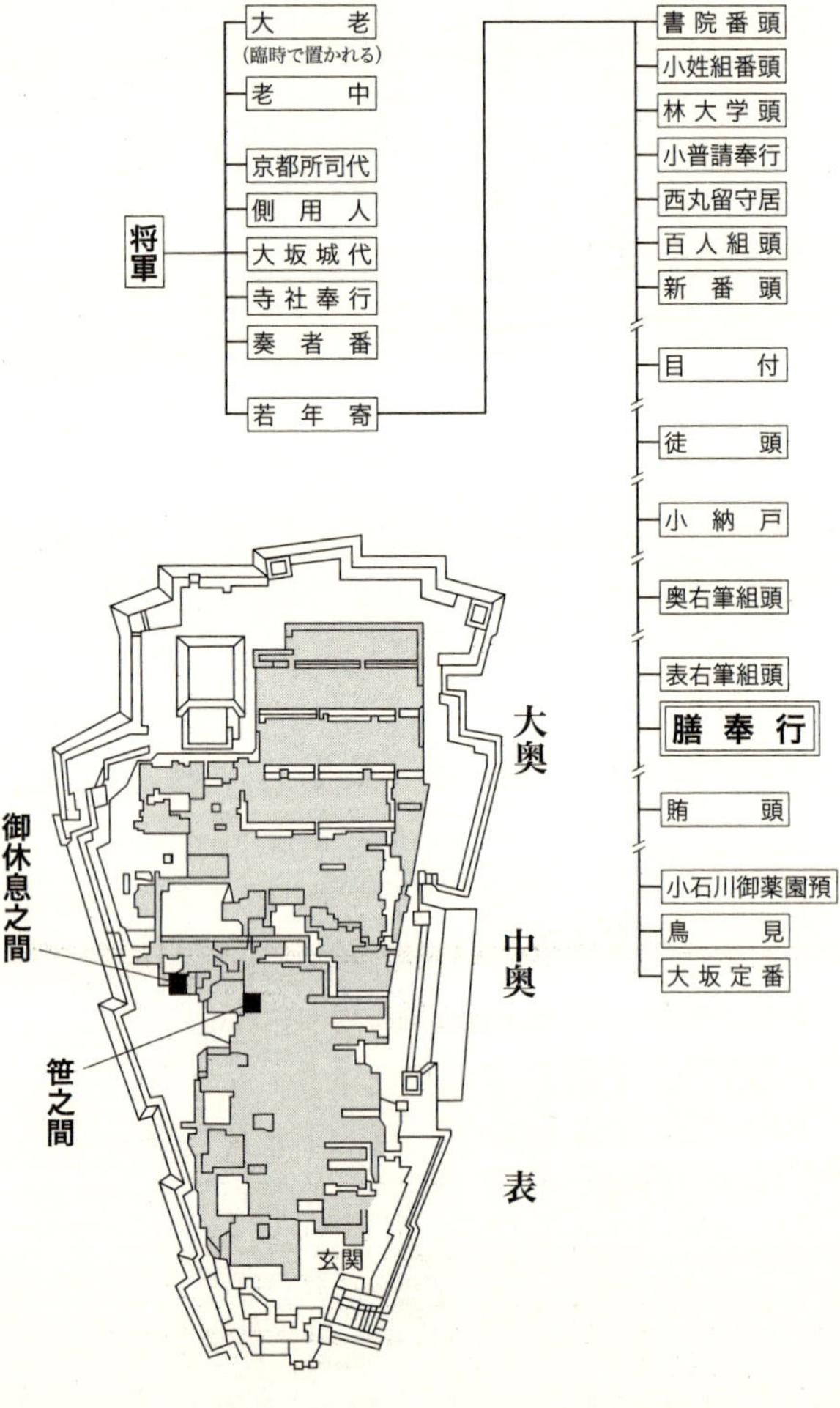

鬼役はここにいる！

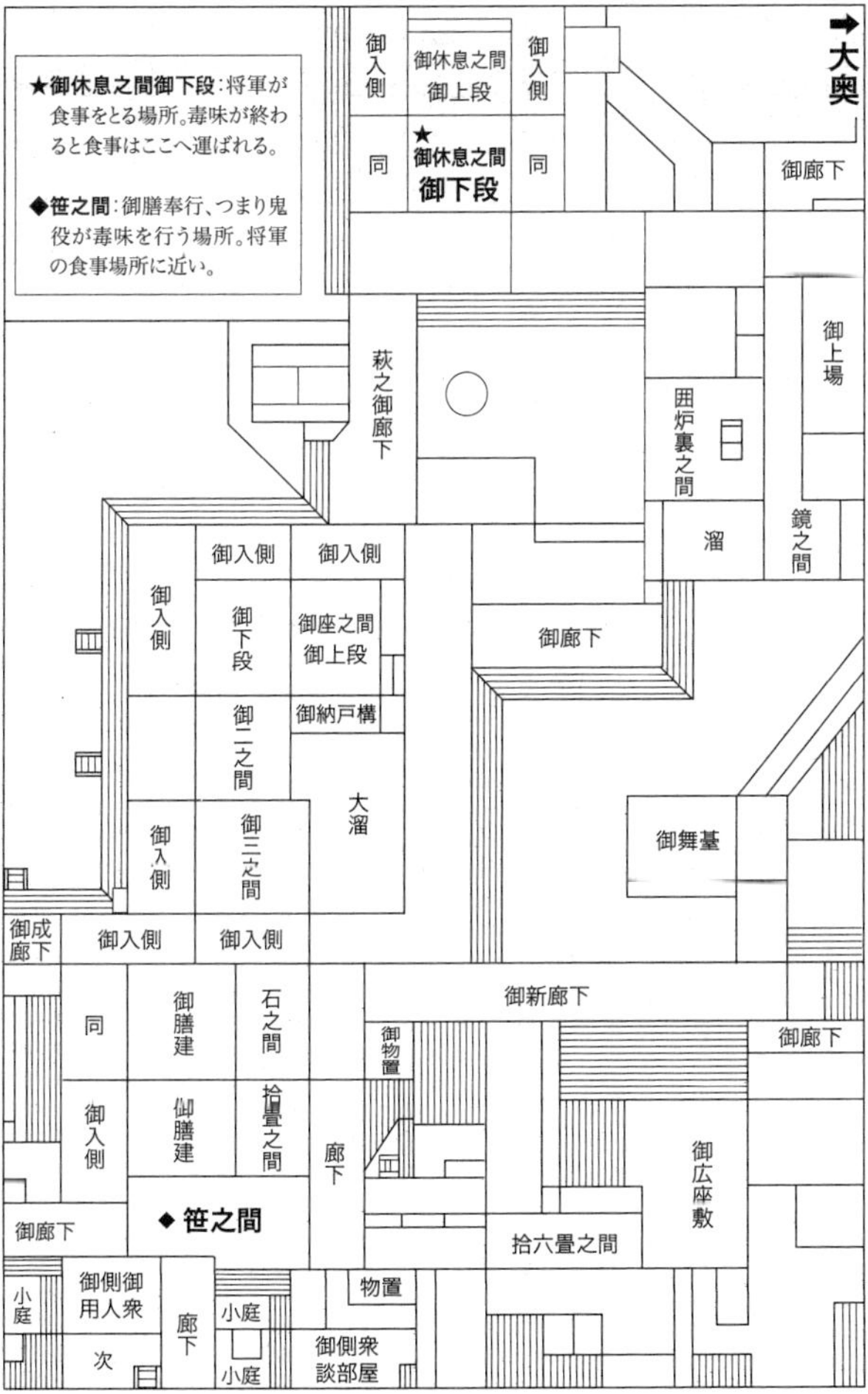
★御休息之間御下段：将軍が食事をとる場所。毒味が終わると食事はここへ運ばれる。
◆笹之間：御膳奉行、つまり鬼役が毒味を行う場所。将軍の食事場所に近い。
→大奥
御入側
御休息之間 御上段
御入側
同
★御休息之間 御下段
同
御廊下
萩之御廊下
囲炉裏之間
御上場
溜
鏡之間
御入側
御入側
御入側
御下段
御座之間 御上段
御廊下
御納戸構
御二之間
大溜
御入側
御三之間
御舞臺
御成廊下
御入側
御入側
同
御膳建
石之間
御新廊下
御物置
御廊下
御入側
御膳建
拾畳之間
廊下
御広座敷
御廊下
◆笹之間
拾六畳之間
小庭
御側御用人衆
廊下
小庭
物置
次
小庭
御側衆談部屋

主な登場人物

矢背蔵人介……将軍の毒味役である御膳奉行、またの名を「鬼役」。お役の一方で田宮流抜刀術の達人として幕臣の不正を断つ暗殺役も務めてきたが、指令役の若年寄長久保加賀守に裏切られた。その後、御小姓組番頭の橘右近から再び暗殺御用を命じられているが、まだ信頼関係はない。

志乃……蔵人介の養母。薙刀の達人でもある。

幸恵……蔵人介の妻。徒目付の綾辻家から嫁いできた。蔵人介との間に鐵太郎をもうける。弓の達人でもある。

綾辻市之進……幸恵の弟。真面目な徒目付として旗本や御家人の悪事・不正を糾弾してきた。剣の腕はそこそこだが、柔術と捕縄術に長けている。

串部六郎太……矢背家の用人。悪党どもの臑を刈る柳剛流の達人。元長久保加賀守の家来だったが、悪逆な主人の遣り口に嫌気し、蔵人介に忠誠を誓う。

叶孫兵衛……蔵人介の実の父親。天守番を三十年以上務めた。天守番を辞したあと、小料理屋の亭主になる。

土田伝右衛門……公方の尿筒役を務める公人朝夕人。その一方、裏の役目では公方を守る最後の砦。武芸百般に通じている。

橘右近……御小姓組番頭。蔵人介のもう一つの顔である暗殺役の顔を知る数少ない人物。若年寄の長久保加賀守亡きあと、蔵人介に、正義を貫くためと称して近づく。

鬼役 六

間者

鈴振《すずふ》り谷《だに》

一

天保《てんぽう》五年、如月《きさらぎ》十五日。
雪涅槃《ゆきねはん》の呼称もあるとおり、釈迦《しやか》入滅《にゆうめつ》の涅槃会《ねはんえ》にはかならず大粒の牡丹《ぼたん》雪が降る。
「名残《なごり》の雪になればよいが」
矢背《やせ》蔵人介《くらんどのすけ》はどんよりとした空を見上げ、昼なお暗い番町《ばんちよう》の谷底へ足を踏みいれた。
番町絵図に「善國寺谷」と記されたこの谷を、地の者は「鈴振り谷」と呼ぶ。
荷を運ぶ牛の首に吊るした鈴が鳴りつづけるほどの急坂だからとも、山狗避《やまいぬよ》けの鈴を振りながら進まねばならぬほど危ない谷だからとも言われているが、ほんとうの由来はわからない。

「急がばまわれか」

歩くたびに、濡れた足袋《たび》がくちゃくちゃ音を起《た》てる。

宿直《とのい》明けで、蔵人介の顔色は冴《さ》えない。

朝餉《あさげ》の毒味を済ませ、巳《み》ノ刻（午前十時）過ぎには千代田《ちよだ》城を退出した。

もうすぐ正午だというのに、あたりは夕暮れのような暗さだ。

しかも、足許《あしもと》は雪で滑り、気を抜けば転んでしまいかねない。

従者《じゅうしゃ》の串部六郎太《くしべろくろうた》に諫《いさ》められたとおり、近道などしなければよかった。

「昼餉《ひるげ》よりもさきに、まずは風呂に浸《つ》かりたい」

その願いを家人《かじん》に伝えるべく、串部をひと足先に走らせた。別れ際、半蔵御門《はんぞうごもん》を抜けたところで「くれぐれも近道はなされませぬよう。ことに、鈴振り谷はお避けくだされ」と念を押されたのだ。

「後悔先に立たずとはこのことだな」

苦い顔で吐きすてると、横合いから濁声《だみごえ》を掛けられた。

「旦那、酒手《さかて》をはずんでいただけりゃ、唐天竺《からてんじく》までもめえりやすぜ」

辻駕籠《つじかご》の担《かつ》ぎ手《て》どもだ。

暗闇に三人うずくまっている。

のっそり立ちあがったのは五分月代《さかやき》の大男で、息杖《いきづえ》を手にして中腰で迫るすがたは飢えた山狗に似ていた。

さては、駕籠かきを装った追いはぎのたぐいであろうか。

「旦那、何とか言ってくだせえよ」

黙って振りきろうにも、容易にあきらめる手合いではない。

仲間のふたりも身をおこし、登り坂の行く手を遮《さえぎ》ろうとする。

「ふひひ」

後ろの大男が、笑いながら間合いを詰めてきた。

「旦那、おぼえておくといい。雪涅槃の鈴振り谷は、悪党の稼ぎ場なんだぜ。死にたくなかったら、着ているもんを脱ぎな。へへ、褌《ふんどし》も忘れずにな。手っとり早く、因幡《いなば》の白兎《しろうさぎ》になっちまえ」

大男は息杖を真横にかたむけ、かちっと捻《ひね》った。

白刃が飛びだしてくる。

「ほう、仕込み刃か」

「こいつは脅しじゃねえ。血脂《ちあぶら》のついた本身をみりゃ、わかるってもんだろう」

喋《しゃべ》りつづける濁声を、蔵人介は背中で聞いた。

正面のふたりも、同時に仕込み刃を抜きはなつ。

「やめておけ」

蔵人介は表情も変えず、平然と言いはなった。

腰に差した刀は、異様に柄《つか》の長い長柄刀《ながつかとう》だ。

「そいつが欲しいのさ。鈍刀《なまくら》にゃみえねえからな」

追いはぎだけあって、鼻は利《き》くようだ。

黒蠟塗《こくろうぬ》りの鞘《さや》には、腰反《こしぞ》りの強い猪首《いくび》の名刀が納まっている。

刃長二尺五寸、抜けば梨子地《なしじ》に丁字《ちょうじ》の刃文《はもん》が煌《きら》めく来国次《らいくにつぐ》だ。

それだけではない。長い柄には、八寸の刃が仕込んであった。

「どうせ、はったりさ。使いこなせるわけがねえ」

五分月代の大男は警戒しながら、爪先《つまさき》を躙《にじ》りよせてくる。

「近頃の侍《さむれ》えは、まともに刀も抜けねえ。十人に九人は見かけ倒しのへちま野郎さ」

それでも、十人にひとりは、死地に挑む武士の覚悟を備えている。

蔵人介の横顔が、にやりと笑った。

「わしがそのひとりだったら、どうする」

「んなわきゃねえ。おれさまにゃわかる。あんたは痩せてひょろ長《なげ》え。女みてえに肌も白《しれ》え。何たって、そのほっそりした指だ。そいつは刀を握る侍えの指じゃねえ。せいぜい、箸《はし》を握るのが関の山だろうさ」

「ふふ、的《まと》を射ていなくもない。なにせ、箸を握るのが役目ゆえな」

「何だって」

「教えてつかわそう。わしは公儀《こうぎ》鬼役《おにやく》、矢背蔵人介」

「鬼役ってのは、もしかして、公方《くぼう》の毒味役か」

「さよう、将軍家の御膳《ごぜん》奉行《ぶぎょう》をつとめておる」

「ぬへへ」

大男は、心底から嬉《うれ》しそうに笑った。

「どうりで、召し物がちがうとおもったぜ。お城勤めの御膳奉行なら、懐中もあったけえはずだ」

「期待せぬほうがよい。奉行とは名ばかりの微禄でな、二十年余りつとめても役料は二百俵から上にあがらぬ。家禄と合わせても五百俵に満たぬ身の上、懐中はいつも寒い寒いと泣いておる」

「こいつめ、嘘《うそ》を吐《つ》くな」

「嘘を吐いて何になる。それより、おぬしの名を聞いておこうか」

「どうして」

凄《すご》む男の顔を確かめるでもなく、蔵人介は淡々とつづけた。

「わしの嗜《たしな》みは面を打つことでな、能面よりも狂言面を好む。人よりは鬼、神仏よりは鬼畜《きちく》、鳥獣狐狸《ちょうじゅうこり》のたぐいを好んで打つのだ。おぬしはさしずめ、間抜けな山狗だが、山狗にも名くらいはあろう。地獄へおくった者の名を口ずさみながら面を打てば、供養《くよう》の足しになるやもしれぬ」

「こんにゃろ、言わせておけば調子に乗りおって」

大男の顔は、真っ赤に怒張《どちょう》していた。

蔵人介は背を向けたまま、のんびりとつづける。

「毒味役はな、死を怖《おそ》れてはならぬ。心を鬼にせねばつとまらぬ役目ゆえ、畏敬《いけい》の念を込めて、鬼役と呼ばれておるのだ。もう一度言う。やめておけ。つまらぬ命でも粗末にするな」

「うるせえ。死にさらせ」

山狗は雄叫《おたけ》びをあげ、背中に襲いかかってくる。

ふっと、蔵人介が消えた。

「あれ」

反転して身を沈め、山狗の脇を擦《す》りぬけたのだ。

丁字の刃文が閃《ひらめ》き、一瞬にして黒鞘に納まった。

あまりに捷《はや》く、抜いたかどうかもわからない。

——ちん。

冴えた鍔鳴《つばな》りが響いた。

ぷつっと、大男の帯が切れる。

「ひっ……」

前がはだけ、汚れた褌もまっぷたつになった。

「……ひぇええ」

縮んだいちもつが、威勢良く小便を撒《ま》きちらす。

ふたりの仲間は呆気《あっけ》にとられ、棒のように立ちつくした。

「去《い》ね」

脅しあげるや、三人とも坂を転がるように逃げていく。

「ふっ、名を聞き忘れたな」

蔵人介は腰を屈《かが》め、急坂をのぼりはじめた。

宿直明けだけに、頭もからだも動きは鈍い。

しばらく進むと、見事に花を咲かせた木が目に留まった。

「寒木瓜《かんぼけ》か」

緋色《ひいろ》の花にまじって、白い綿のようなものがひらひら揺れている。

爪先立ちになって手を伸ばせば、どうにか届く高さだ。

「紙だな」

地べたに落ちたものが、風で舞いあがったのだろうか。

枝葉《えだは》にうまく隠され、濡れずに済んだらしい。

破らぬように取り、丁寧にひろげてみる。

「駕籠図《かごず》か」

軽い薄葉《うすよう》で仕上げた絵図だ。

たたんで持ちあるくのに重宝するので、身分の高い侍が懐中に忍ばせておく。

精緻《せいち》な原画から摺《す》られているのは、愛宕下大名小路《あたごしただいみょうこうじ》の絵図だった。

じっくり眺めてみると、田村小路《たむらこうじ》の西端に朱で×印が記されてある。

「何かな」

鈍い頭を捻っても思案は浮かばず、まだらに降りつづく大粒の雪が行く手の景色を奪っている。

「詮方《せんかた》あるまい」

とりあえず、駕籠図を袖《そで》の内に仕舞い、蔵人介は亀のような足取りでまた坂をのぼりはじめた。

二

雪はいっこうに熄《や》む気配もない。

矢背家の拝領屋敷は市ケ谷《いちがや》の浄瑠璃坂《じょうるりざか》をのぼったさき、中奥《なかおく》勤めの小役人が多く住む御納戸町《おなんどまち》の一隅にある。

串部を走らせていたので、冠木門《かぶきもん》の前には家人《かじん》たちが勢揃いしていた。

右端から順に、矢背家正統の血を引く養母の志乃《しの》、九つになった一粒種の鐵太郎《てつたろう》、徒目付《かちめつけ》の実家から嫁いで十年になる嫁の幸恵《ゆきえ》、そのかたわらには幸恵の実弟で徒目付の綾辻市之進《あやつじいちのしん》も控えている。

使用人は蟹《かに》に似たからだつきの串部六郎太を筆頭に、先代から仕える下男の吾助《ごすけ》と女中頭のおせき、それと女中奉公の町娘がふたり。めずらしいところでは、廃絶となった隣家から預かった望月宗次郎《もちづきそうじろう》の瓜実顔《うりざねがお》もみえる。

「おかえりなされませ」

凜《りん》とした志乃の声に合わせ、一斉にみなが頭《こうべ》を垂れた。

一家の大黒柱であることを嚙みしめる瞬間だ。

が、何よりもまずは、風呂に入りたい。

と、胸に言い聞かせたそばから、志乃に釘を刺された。

「御膳をさきに、いただきましょう」

「はあ」

目を飛びださんばかりにすると、軽く受けながされた。

「何か、仰《おつしや》りたいことでも」

あいかわらず、絶妙の間合いで切りかえしてくる。

さすが、大名家の奥向きにも出入りしていた薙刀《なぎなた》師範だけのことはあった。

どのような猛者《もさ》であろうとも、気高く凜とした志乃の物腰にはかなわない。

「ご当主どの、仰りたいことがおありなら、この場でお聞きいたしましょう」

「い、いいえ。それにはおよびませぬ」

「されば」

家人たちはみな、ぞろぞろと志乃の背にしたがった。

無骨な串部だけが、申しわけなさそうに佇《たたず》んでいる。

「たわけ」

蔵人介は低声《こごえ》で叱《しか》りつけ、玄関へつづく飛び石を踏みしめた。

庭の石灯籠《いしどうろう》は雪の綿帽子をかぶり、みるからに寒そうだ。

「市之進は何をしにまいったのだ」

水を向けると、串部はぎょろ目を剝《む》いた。

「探索のついでに立ち寄られたとかで」

「探索」

「殺しのようでござります」

「殺しか」

別段、蔵人介は動じた様子もない。

毒味と死はいつも隣りあわせ、今は亡き養父の信頼《のぶより》からも「毒味役は毒を啖《くろ》うて
こそのお役目。河豚毒《ふぐどく》に毒草、毒茸《きのこ》に蟬《せみ》の殻《から》、何でもござれ。死なば本望《ほんもう》と心得

よ」と、厳しく躾《しつ》けられてきた。三日に一度、登城する際は、死に首を抱いて帰宅する覚悟をきめている。

ただ、それとは別に、死を怖れぬ理由があった。

串部しか知らぬことだが、蔵人介は亡き養父から「暗殺御用」という影の役目も引きついでいた。

――白洲《しらす》で裁けぬ奸臣《かんしん》を一刀両断《いっとうりょうだん》のもとにせしめるのじゃ。

それが世のため人のため、御政道のためと教えこまれ、疑念も持たずに田宮流《たみやりゅう》の抜刀術を磨きつづけた。そして、十指に余る悪党を葬ってきた。

ところが、飼い主の若年寄長久保加賀守《わかどしよりながくぼかがのかみ》こそが最大の奸臣であった。

裏切られたおもいが怒りに火をつけ、加賀守をこの手で斬った。

天保二年弥生二十八日のことだ。

飼い主を失い、影の役目も無くなったが、心にぽっかり空いた隙間《すきま》を埋める術《すべ》を知らず、蔵人介は修羅《しゅら》の道をさまよっている。

人の命を奪った者の宿命《さだめ》なのだ。死ぬまで平安は訪れまい。

蔵人介は幸恵に大小を預け、玄関の上がり框《かまち》に座ると、盥《たらい》に張られたぬるま湯で足を濯《すす》いだ。

「ふう、生きかえった心地だ」

「それは、ようございました」

本音を言えば、熱い据え風呂に浸かりたかった。

などと、未練がましく口を尖《とが》らせたところで、幸恵は横を向くだけだ。

着替えもそこそこに昼餉を済ませ、客間で待ちかまえる義弟に対した。

「組《まないたが》河岸《し》のご両親は息災《そくさい》であられるか」

「はい」

市之進は、やたらに快活な返事をする。

昨年の霜月《しもつき》、嫁を娶《めと》ったばかりなのだ。

名はたしか、錦《にしき》というたか。

元目付の次女だった。上役の娘でもあり、心から喜ぶべき縁談であったが、肝心の父親が奸臣どもの罠に塡《は》まって降格のあげくに切腹、実家は断絶の憂き目をみた。

縁談は流れるものと誰もがあきらめていたにもかかわらず、市之進は「錦どのを嫁に欲しい」と三顧《さんこ》の礼をもって真心をしめし、めでたく所帯を持つはこびとなった。

綾辻家にとって何ひとつ益のない縁談を、上役も同僚も隣近所も訝《いぶか》しんだ。

ただ、姉の幸恵と矢背家の面々だけは、手放しで市之進の決断を褒《ほ》めた。

四角四面《しかくしめん》で不器用な男だが、こうと決めたら脇目も振らずに突きすすむ。猪突猛進《ちょとつもうしん》を絵に描いたような義弟に、蔵人介も親しみを感じている。

「跡取りはどうだ。気配はあるのか」

「のっけから、何を仰いますやら」

「おぬしのことだ。忙しすぎて、その暇もないのであろう。安閑《あんかん》と構えておったら、跡取りはできぬぞ。昼夜を厭《いと》わず、懸命に励まねばならぬ。それもな、一家の大黒柱たる者の役目ぞ」

「余計なお世話にござる。ただ今、拙者は侍殺しの探索に励んでおりましてな。子づくりにかまけておる暇はござらぬ」

「ふん、四角い顎《あご》を突きだして、のっけから物騒《ぶっそう》なことを言いよる」

「ほとけは一関《いちのせき》藩の元藩士、有壁大悟《ありかべだいご》と申す浪人にござります」

昨年の暮れまでは、殿様警護の馬廻《うままわ》り役をつとめていたらしい。

死んだのは、一昨晩のことだ。

「身元はすぐに判明いたしました。なにせ、ほとけが転がっていたのは、一関藩の中屋敷門前でしたからな」

六尺棒を抱えた門番でさえも、死人《しびと》の顔に見覚えがあった。

「ふうん」

蔵人介は興味もなさそうに相槌《あいづち》を打ったが、のどに魚の小骨《こぼね》が刺さった居心地の悪さを感じた。

「手口は一刀にて下腹を一文字、下段の水平斬りとみました」

「殺《や》られたほうも、刀を抜いたのか」

「はい。おそらくは、一合《いちごう》交えたうえでの一刀かと。いずれにしろ、下手人はかなりの手練《てだ》れ。ただの辻斬りとはおもえませぬ」

「みてきたようなことを抜かす」

「じつは、この目でほとけをみました。刀の刃こぼれも確かめてござります」

「わからぬ。なぜ、徒目付のおぬしが検屍《けんし》を」

「たまさか、行きあったもので」

「たまさか、夜に愛宕下の大名小路を歩いておったのか」

疑いの目を向けると、市之進は咳《せき》払いをした。

「歯痛がひどうござりましてな。錦に相談したところ、日が暮れてから溜池《ためいけ》の白山《はくさん》神社へ詣で、榎木《えのき》の根元に房楊枝《ふさようじ》を供えたのち、その足で汐見坂《しおみざか》から田村小路を突っきり、芝日蔭町《しばひかげちょう》の日比谷稲荷《ひびやいなり》で鯖断《さばだ》ちの祈願をすれば、嘘のように歯痛が治ると、さように聞いたもので、さっそく寒空のしたへ繰りだしました。白山神社へ願掛けを済ませ、汐見坂をくだって愛宕下広小路へと通じる大路を横切り、田村小路のとっかかりまできたところ、ほとけに出会《でくわ》したのでござります」

「ちょっと待て」

蔵人介は違《ちが》い棚《だな》から文筥《ふみばこ》を運び、銀箔《ぎんぱく》で飾られた蓋《ふた》を取った。

市之進が身を乗りだし、興味深そうに覗《のぞ》きこむ。

「何でござりましょう」

「駕籠図だ。愛宕下の大名屋敷を描いたものでな、ほれ、ここに朱の×印があろう」

「はい。あっ」

「気づいたか。おぬしがほとけに出会したところさ」

「……こ、これをどこで」

「鈴振り谷の急坂だ。お城から戻ってくる途中でな。駕籠に乗った者が捨てたか、落としたかしたものであろう」

「濡れずに残されておったとすれば、一昨晩より以前に捨てたとは考えにくいな」

「さよう。駕籠図が捨てられたのは、殺しのあとだ」

市之進はずいと、膝を躙りよせてくる。

「もしや、駕籠図の主が下手人《げしゅにん》では」

息を吹きかけられ、蔵人介は顔を背《そむ》けた。

「近いぞ、市之進。ちと離れろ」

「は、これはどうも」

蔵人介は懐手《ふところで》になり、眉間《みけん》にしわを寄せる。

「偶然かもしれぬ」

「それはありますまい。駕籠図に記された朱の×印は、何者かがこの場所で殺せと指図を出したもの。さように考えるべきかと」

「なるほど、そやつに命じた者がおったのか」

「つまり、下手人は刺客《しかく》だった。しかも、闇討《やみう》ちの場所まで指定した点に意味がございます」

「どういう意味だ」

めずらしく頭の冴えをみせる義弟に、蔵人介は眠そうな目を向ける。

「たとえば、見懲《みこ》らしの狙いがあったとか」

「見懲らし」

誰かを脅す警告ではあるまいかと、市之進は説いてみせる。

憶測の域は出ないが、あながち外れてはおるまい。

有壁大悟の素姓を詳しく調べてみれば、裏の筋も炙《あぶ》りだされてこよう。

「されど、徒目付のおぬしが出る幕ではあるまい」

「仰せのとおり、直参旗本《じきさんはたもと》と御家人《ごけにん》の不正をあばくのが徒目付の役目にござる。元陪臣《ばいしん》の死に関わっている暇などござりませぬ。さりとて、このまま捨ておくのも忍びない。そうはおもわれませぬか。義兄上《あにうえ》が駕籠図を拾ったのも、何かの宿縁《しゅくえん》にござる」

「宿縁か」

そうかもしれぬとおもったが、顔には出さない。

市之進は座りなおし、口端《くちのは》に不敵な笑みを湛《たた》えた。

「勘が冴えておりました。やはり、取っておいてよかった」

袖口をまさぐり、何かを取りだす。

「義兄上、これをご覧くだされ」

「ん」

不思議な輝きを放つ帯留《おびど》めだ。

「螺鈿《らでん》細工の帯留めにございます」

「ほう」

一見しただけで、町娘の持ち物でないことはわかる。

大名家の姫君が持つ宝物と言われても、驚きはすまい。

「これを、ほとけが握っておりました」

「ふうん」

蔵人介の目は、妖《あや》しげな光に吸いよせられていった。

三

わずかに欠けた十六夜《いざよい》の月が、溜池一帯を照らしている。

黒光りした鏡のような水面《みなも》が割れるや、野鯉《のごい》が水飛沫《みずしぶき》とともに躍りあがった。

「ぬはっ、おもしろい」

手を叩くのは、従者の串部六郎太だ。

雪はすっかり解け、起伏のある桐畑《きりはた》の道は泥濘《ぬかるみ》となった。

蔵人介は串部をしたがえ、愛宕下の田村小路をめざしている。

串部も歯痛で悩んでいるというので、まずは溜池をのぞむ白山神社におもむき、大きな榎木の根元に房楊枝を供えた。

「こんなことでご利益《りやく》がありますかね」

口では小莫迦《こばか》にしながらも、房楊枝を突きたてる動きは慎重だ。

林立《りんりつ》する何百という房楊枝が、歯痛に悩む人の多さを物語っている。

神社の隣には、殺された有壁大悟の遺体が運びこまれた番所《ばんしょ》があった。

今ごろは草葉《くさば》の陰で、無念を晴らしてほしいと祈っていることだろう。

「溜池に降りるのが榎坂、反対の東へ延びるのは汐見坂、南の麻布《あざぶ》へ下がる霊南坂《れいなんざか》に北の虎ノ門《とらのもん》へ向かう葵《あおい》坂」

串部が調子外れに唄うとおり、このあたりは四つの坂が交錯《こうさく》する高台《たかだい》だった。

溜池の向こうにひろがる暗い杜《もり》は山王《さんのう》神社、振りむいて南をのぞめば、鬱蒼《うっそう》とした増上寺《ぞうじょうじ》の杜が控えている。

暗すぎて海を遠望することはできないが、潮の香りは漂ってきた。

桜川《さくらがわ》に流れる月を水先案内に仕立て、ふたりは汐見坂をのんびり下った。

「市之進どのがほとけに出会したのは、田村小路の西端でござりましたな」

「ふむ」

ませぬ」

「これみよがしに門前で斬ったとすれば、下手人の何らかの意図を感じずにはおれ

教えたわけでもないのに、市之進と同じことを言う。

今でこそ年四両二分の住みこみで雇った用人《ようにん》にすぎぬが、串部はかつて若年寄に仕えた優れた探索方だけに、何でもとことん疑《うたぐ》ってかかる習性を身につけている。それが鬱陶《うっとう》しくもあり、頼もしくもあった。

「しかし何ですな。市之進さまともども、揃いも揃って不運と申しましょうか。妙な塩梅《あんばい》に、田村小路と鈴振り谷が結びつきましたな」

「たしかに」

駕籠図を拾わなければ、首を突っこむこともなかった。

「望まずとも、向こうから厄介事《やっかいごと》が舞いこんでくる。殿は、そうした運命のもとにあられるのやも」

「おぬし、やけに嬉《うれ》しそうだな」

「そうみえますか。ぬひゃひゃ」

串部は仰《の》け反《ぞ》り、顎を震わせて笑った。

この男、ただの用人ではない。臑斬《すねぎ》りを得手《えて》とする柳剛流《りゅうごうりゅう》の剣客《けんかく》でもあり、み

ずから厄介事に飛びこむのが三度の飯よりも好きなのだ。

「困ったやつだな」

「それは、殿とて同じこと」

ふたりは愛宕下広小路へ通じる南北路を横切り、田村小路へ踏みこんだ。

いまさら言うまでもなく、東西に田村右京大夫《うきょうだゆう》の上屋敷と中屋敷があることから、小路の名がつけられた。

道幅はひろいものの、左右に構える大名屋敷の塀《へい》が高いので狭く感じる。

日が落ちれば人通りは皆無に等しく、物淋しい道だった。

「辻斬りが潜んでおっても、おかしくはありませんな」

道行く者にとっては、遥か向こうの辻番《つじばん》の灯《あか》りだけが指標となる。

「頼りない灯りだ」

闇夜に蠢《うごめ》くのは、物《もの》の怪《け》か。

それとも、辻斬りや追いはぎのたぐいか。

有壁大悟は死の影に脅《おび》えながら、この道を歩いたのかもしれない。

それにしても、なぜ、わざわざ殺されにやってきたのだろうか。

大きな疑念が闇に膨らんだ。

命を懸けてでも、中屋敷にやってくる理由があったのか。

さまざまにおもいをめぐらせつつ、蔵人介は歩を進める。

背後には、桜川のせせらぎが聞こえていた。

「あのあたりでしょうか」

かたわらで、串部が囁《ささや》いた。

「おや、あれは」

指を差したさきに、袖頭巾《そでずきん》の女がひとり佇んでいる。

「夜鷹《よたか》か」

いや、幽霊かもしれない。

「足はござりますな」

串部と顔をみあわせ、そっと膝を繰りだした。

女はじっと俯《うつむ》き、屍骸《むくろ》のあったあたりに祈りを捧げているようだ。

こちらの気配を察したのか、はたと顔をあげ、足早に遠のく。

すぐさま、闇に吸いこまれた。

「串部、あとを追ってくれ」

「は」

死んだ有壁と関わりのある女ならば、きっと手懸《てが》かりが得られるはずだ。

ひたひたと遠ざかる串部の跫音《あしおと》も消えた。

空を見上げれば、月が叢雲《むらくも》に翳《かげ》りつつある。

「まいったな」

蔵人介は痩せた女の白い顔を思い浮かべ、深まりゆく闇を手探りで進みはじめた。

四

如月二十八日。

彼岸《ひがん》も過ぎて、すっかり寒さも遠退《とおの》いた。

溜池の水面には睡蓮《すいれん》が芽を伸ばし、池畔には芹《せり》が萌《も》えている。

子を孕《はら》んだ鮒《ふな》や鯉が細流《さいりゅう》を泳ぎ、水嵩《みずかさ》を増した隅田川《すみだがわ》では雄壮《ゆうそう》な木流《きなが》しの風景がみられるようになった。十軒店《じっけんだな》や尾張町《おわりちょう》には三日前から雛市《ひないち》が立ち、鎌倉河岸《かまくらがし》の豊島《としま》屋では恒例の白酒が売りだされている。

町じゅうが春の装いで賑《にぎ》わうなか、夕方になると、千代田城の各門には春雨《はるさめ》に打たれながら下城する小役人たちの列がつづいた。

鬼役の控える中奥の笹之間《ささのま》だけは閑寂《かんじやく》として、雨音さえも聞こえてこない。

あれから、早いもので十日余り。

蔵人介は胸の裡《うち》につぶやき、ほっと溜息を吐く。

串部六郎太は妖しげな女の背中を追って、鎌倉まで足を延ばしていた。

たどりついたのは東光山英勝寺《とうこうざんえいしようじ》、東照大権現家康《とうしようだいごんげんいえやす》の側室《そくしつ》として名高いお梶《かじ》の方にちなむ浄土宗《じようどしゆう》の尼寺《あまでら》だ。

串部は山門からさきへ踏みこめず、尼僧らしき女の素姓を探る術を失った。

爾来《じらい》、探索の糸口すらみつけられず、有壁大悟殺しは辻斬りの所業《しよぎよう》として片付けられた。

駕籠図と螺鈿細工の帯留めも、戻るさきを失ったまま、文筥に納められている。

蔵人介の興味も薄れかけ、変わりばえのしない日々が戻りつつあった。

「毒味の所作《しよさ》は、居合《いあい》に通じるとか」

対座する相番《あいばん》の桜木兵庫《さくらぎひようご》が、肥えた腹を揺すって笑う。

「ぬふふ、妙な噂を聞きましてな。中奥のいずこかに奥の院と呼ぶ隠し部屋があり、部屋の主人が子飼いの鬼どもに密命を申しわたすのだとか。密命とは、佞臣《ねいしん》を葬る暗殺御用にござる。しかるに、鬼とは刺客のこと。刺客は類《たぐ》い希《まれ》なる居合の達人で、鼻先に飛ぶ虻《あぶ》の目をふたつに斬ってみせるのだとか」

まるで、影の役目を見透《みす》かされているようだ。

蔵人介は内心の動揺を隠し、鼻で笑ってやる。

「ふん、さような戯《ざ》れ言《ごと》、ご信じなさるのか」

「まさか。ただの噂にござるよ。怖いお顔をなされますな。矢背どの、庖丁方《ほうちょうがた》の者らが貴殿を陰で何と呼んでおるか、ご存じか。閻魔《えんま》の侍従《じじゅう》にござるぞ」

「誰が何と呼ぼうが、さして気にはならぬ」

他人を寄せつけぬ風貌と物腰は、生来《せいらい》のものだ。

——閻魔の侍従。

と綽名《あだな》される理由も、はっきりしている。

それは、矢背という姓の由来に関わっていた。

矢背は、洛北《らくほく》にある八瀬《やせ》の地名とかさなる。今から千二百年前に勃発《ぼっぱつ》した壬申《じんしん》の乱《らん》の際、天武《てんむ》天皇が洛北で背中に矢を射かけられた。そのときに「矢背」と名づけられた地名が、やがて「八瀬」と記されるようになった。

「存じております。八瀬の民は八瀬童子《どうじ》と呼ばれ、この世と閻魔王宮とのあいだを往来する輿《こし》かきとも、閻魔大王に使役《しえき》された鬼の子孫とも考えられた」

桜木はいつにもまして、ぺらぺらとよく喋る。

蔵人介は辟易《へきえき》しながらも、先祖の由来に耳をかたむけた。

「八瀬の民は鬼の子孫であることを誇り、鬼を祀《まつ》ることでも知られておるとか。集落の一角に築かれた鬼洞《おにがほら》では、都を逐《お》われて大江山《おおえやま》に移りすんだ酒呑童子《しゅてんどうじ》が祀られているとも聞きました」

鬼の子孫であることがおおやけになれば、弾圧は免《まぬか》れない。村人たちは比叡山《ひえいざん》に隷属《れいぞく》する「寄人《よりうど》」となり、延暦寺《えんりやくじ》の座主《ざす》や高僧、ときには皇族の輿《こし》をも担ぐ「力者《りきしや》」となることで身の保全をはかった。

さらに、戦国の御代には禁裏《きんり》の間諜《かんちよう》となって暗躍したとの言いつたえもある。密かに「天皇家の影法師《かげぼうし》」と畏怖《いふ》され、かの織田信長《おだのぶなが》でさえも闇の族《うから》の底知れぬ能力を懼《おそ》れたという。

「矢背家は八瀬童子の首長につらなる家柄にござろう。しかも、女系とお聞きしましたが」

「さよう」

蔵人介も先代の信頼も、御家人出身の養子にほかならない。

信頼と志乃は実子を授からず、鬼の血を引く矢背家の血脈は養母の志乃で途絶えることとなった。妻の幸恵は徒目付の綾辻家から娶った女性なので、一粒種の鐵太郎にも鬼の血は流れていない。

「ふうむ、なるほど。矢背どのにも御先祖の血は流れておらなんだか。それにしては、お顔が怖い」

余計なお世話だ。

蔵人介は、ぐっと怒りを抑えつけた。

みるからに毒味役にそぐわぬ桜木もふくめて、本丸《ほんまる》の鬼役は五人おり、ふたりずつの交替でやりくりされる。通常ならば、長くとも三年で役目替えとなり、然《しか》るべき重職へ昇進していく。

「矢背どの、本日は仏滅《ぶつめつ》にござるな」

桜木がまた、皮肉な笑みを浮かべながら喋りかけてくる。

「暦《こよみ》のはなしではござらぬ。本日は月次《つきなみ》の吉日、御膳には鯛《たい》の尾頭《おかしら》付きが饗《きょう》される。鬼門の骨取り御用が増えるゆえ、仏滅なのでござるよ」

毎月の朔日《ついたち》、十五日、二十八日の三日は「尾頭付き」と称し、鯛か平目《ひらめ》が公方の膳にくわえられる。これを「仏滅」と嘆くのは、桜木が毒味御用を舐《な》めてかかっているからだ。

相番はどちらか一方が毒味役となり、別のひとりは見届け役にまわる。

失態があっても見届け役は責めを負わず、落ち度は毒味役のみに帰する。

見届け役は毒味の一部始終に睨《にら》みを利かせるだけでなく、落ち度のあった毒味役を介錯《かいしゃく》すべき役目をも担っていた。

経験を積んだ蔵人介は、かならずといってよいほど毒味役を押しつけられた。

何もできない見届け役よりも気楽なので、すすんで毒味御用を引きうける。

当然のごとく、ほかの鬼役たちは蔵人介と相番になることをのぞんだ。

桜木もそうだ。

肥えた豚のような四十男は、毒味役になったおのれの不運をいつも嘆いている。

出世の足掛かりとなる腰掛けの役目としか考えておらず、毒味の要領を会得する気はさらさらない。毒味役にまわったときなどは、膳の中味を咀嚼《そしゃく》して痰壺《たんつぼ》に吐きだせばよいのに、ことごとく、きれいにたいらげてしまう。そのせいか、以前にもまして醜《みにく》く肥え、滴《したた》る汗を拭うのに必死だった。

「刻限でござる」

暮れ六つまで、半刻《はんとき》を切った。

ひたひたと、跫音が近づいてくる。

小納戸役《こなんど》の配膳方《はいぜんかた》だ。

台所頭《だいどころがしら》による指揮のもと、大厨房《おおちゅうぼう》でつくられた料理の数々は、まっさきに笹之間へ運ばれてくる。

音もなく襖《ふすま》がひらき、見目《みめ》の良い若侍が一の膳を運んできた。

いよいよ、夕餉の毒味がはじまる。

蔵人介は眸子《まなこ》を瞑《つむ》り、おのれを明鏡《めいきょう》止水《しすい》の境地に導いた。

さすがに、桜木も口を噤《つぐ》む。

しわぶきひとつ、聞こえてこない。

桜木の言ったとおり、毒味の所作は居合に通じるのかもしれぬ。

抜刀の一瞬に全神経を集中し、抜き際の一撃で勝敗を決する。

静《せい》から動《どう》へ。

転じる瞬間の境地が、よく似ているのだ。

対峙《たいじ》する桜木の気息《きそく》が洩《も》れた。

「されば矢背どの、お毒味を」

「かしこまった」

蔵人介は襟《えり》を正し、自前の竹箸を取りだす。

鼻と口を懐紙《かいし》で隠すや、汁の椀に手を伸ばした。
箸を右手で器用に動かし、ずるっとひと口啜《すす》る。
いつもの薄塩仕立てより、なお薄い。
汁は呑まず、後ろの痰壺に吐く。
ふくんだ途端、蔵人介には異変がわかるのだ。
汁の実は藻魚《もうお》のつみれ、欠片《かけら》を齧《かじ》って咀嚼する。
妙な感じはない。
ことりと椀を置き、向こう付けの刺身に取りかかった。
甘鯛《あまだい》だ。
冬から春が一番美味《うま》い。
だが、味わっている余裕はなかった。
平皿の端に盛られた山葵《わさび》を掬《すく》い、ぺろっと舌先で舐める。
つんと、鼻にきた。
意地でも表情は変えず、瞬《まばた》きすらしない。
鬼役であれば、当然の作法だ。
睫毛《まつげ》の一本でも料理に落ちたら、叱責《しっせき》どころでは済まされぬ。

膳に毒味役の息がかかるのも不浄《ふじょう》とされ、箸で摘《つま》んだ料理の切れ端を口へはこぶだけでも気を遣う。

一連の所作をいかに短く正確にこなすことができるか。

それこそが、毒味役の腕のみせどころなのだ。

平皿はもう一枚、本来は霜降りの鯒《こち》に、付けあわせの嫁菜《よめな》が添えてある。

蔵人介は難なく毒味をこなし、静かに二の膳を待った。

桜木のみならず、配膳方からも安堵《あんど》の息が洩れる。

配膳方は、ここからが修羅場だ。

毒味の済んだ膳は「お次」と呼ぶ囲炉裏《いろり》之間へ移される。「お次」には大きな箱《はこ》火鉢《ひばち》が設《しつら》えられ、汁物や吸物は替え鍋で温めなおす。さらに、料理を椀や皿に盛りなおし、梨子地金蒔絵《なしじきんまきえ》の懸盤《かけばん》と呼ぶ膳に並べかえねばならない。

一の膳と二の膳、銀舎利《ぎんしゃり》の詰まったお櫃《ひつ》が仕度《したく》され、公方の待つ御《お》小座敷《こざしき》か御《お》休息《きゅうそく》之間へはこばれていく。

笹之間から囲炉裏之間を通って、中奥西端の御小座敷までは遠い。

それでも、配膳方は長い廊下を足早に渡っていかねばならなかった。

汁を数滴こぼすくらいならまだしも、懸盤を取りおとしでもしたら首が飛ぶ。

滑って転んだ拍子に汁まみれとなり、味噌臭い首を抱いて帰宅した若輩者は何人かあった。

しばらくすると、さきほどとは別の配膳方が膳を運んできた。

「矢背どの、二の膳にござる」

「かしこまった」

桜木に促され、真新しい竹箸を手に取る。

二の膳の汁は鯉こく、煮物は鯛の擂《す》り身、天王寺蕪《てんのうじかぶら》の味噌煮に尾張大根《おわりだいこん》の輪切り、焙《あぶ》りものには青鷺《あおさぎ》の肉、旬の山菜は独活《うど》と土筆《つくし》、香りを味わうために長めに切った蕗《ふき》、高価な松露《しょうろ》なども見受けられた。

松露とは海岸縁《べり》の松林に出る茸《きのこ》のこと、庶民はなかなか口にできない。

花鰹《はながつお》をまぶした牛蒡《ごぼう》の輪切りもあれば、玉子の黄身を落とした掬《すく》い豆腐や甘めに煮た焼き豆腐などもある。置合わせは蒲鉾《かまぼこ》と玉子焼、猪口《ちょく》には海鼠《なまこ》とおろし大根、塩辛《しおから》に雲丹《うに》、壺のからすみは定番の献立《こんだて》だ。

まんなかに置かれた腰高の皿には、鱚《きす》の塩焼きと付け焼きが載っている。

これらすべてを、大食漢の公方家斉《いえなり》はぺろりとたいらげるのである。

汁椀から皿へ、皿から小鉢や猪口へ、毒味は淡々とすすんでいった。

そして、すべてを手際よく片づけたころに、いよいよ、真鯛の尾頭付きがお目見えとなった。

蔵人介は襟を正し、大きく深呼吸をする。

魚の骨取りは鬼役の鬼門《きもん》、上手に背骨を抜き、竹箸の先端で丹念に小骨を取らねばならない。

もとのかたちをくずさず、適度に身をほぐしていく。

頭、尾、鰭《ひれ》のかたちを保ったまま骨抜きにするのは、熟練を要する至難《しなん》の業《わざ》だ。

いわば「陣痛の苦しみ」と、桜木は笑いながら喩《たと》えた。

それほど、大袈裟《おおげさ》なものではない。

「ぷふう」

小半刻《こはんとき》と掛からず、毒味御用は終わった。

尾頭付きの皿が消えると、安堵のあまり、自分が骨抜きになってしまう。

もしかしたら、嬰児《みどりご》を産みおとすのと似たような心地なのかもしれない。

「毎度ながら、鮮やかなお手並みでござった」

桜木は手拭いで汗を拭き、声を弾《はず》ませる。

と、そのとき。

城内が何やら騒がしくなった。

小納戸役のひとりが襖を開け、躍りこんでくる。

「御老中首座《ごろうじゅうしゅざ》、水野出羽守《みずのでわのかみ》さま、お控え部屋にてご逝去《せいきょ》」

「なに」

桜木はことばを失い、畳のうえにへたりこむ。

蔵人介は首をかしげた。

出羽守は七十過ぎの老人だが、いつも矍鑠《かくしゃく》としており、今朝も背筋をすっと伸ばして御用部屋へ向かうすがたを目にしたばかりだ。

蔵人介は興奮の醒《さ》めやらぬ配膳方に向かい、鋭い問いを投げかけた。

「出羽守さまのご遺体は」

「すでに、平川門から城外へ」

「運びだされたか」

「はい」

遺体を検分《けんぶん》する機会はなさそうだ。

老中のお勤めは「四《よ》つ上がりの八《や》つ下がり」ともいう。

ただし、下城の刻限から二刻半程度居残るのはよくあることだ。

夕餉の代わりに何か食することもあったであろうし、口を湿らせるための茶などは頻繁に呑んだにちがいない。

蔵人介は咄嗟《とっさ》に、毒を盛られたのではないかと疑った。

五

水野出羽守忠成《ただあきら》の死は、病死としてあつかわれた。

後釜の老中首座は松平周防守康任《まつだいらすおうのかみやすとう》、石見浜田《いわみはまだ》藩の第三代藩主だ。齢《とし》は五十代半ば、賄賂《まいない》横行と悪貨鋳造《ちゅうぞう》で田沼治世《たぬまちせい》の再来と揶揄《やゆ》された出羽守のやり方を継承するしか能のない凡庸《ぼんよう》な人物で、松之廊下に長裃《ながかみしも》を引きずるすがたは牛を連想させた。

一方、本丸老中の空席に滑りこんだのは水野越前守忠邦《えちぜんのかみただくに》、血縁にあたる実力者の出羽守に目を掛けられて順当に出世を果たし、齢《よわい》四十一にして念願の地位を手に入れた。みずから望んで肥沃《ひよく》な肥前唐津《ひぜんからつ》藩を捨て、老中に推挙《すいきょ》されやすい遠州《えんしゅう》浜松《はままつ》藩への転封《てんぽう》を果たした経歴を持ち、旺盛《おうせい》な野心を隠そうともしない。

癇《かん》の強そうな忠邦が政事《まつりごと》の中枢《ちゅうすう》に腰を落ちつけたときから、千代田城内には新たな対立の火種《ひだね》が生じつつあった。

ただし、蔵人介にとっては雲上の出来事、たいして関心もない。

それより、出羽守の死因が知りたかった。

断じて、病死などではない。

毒を盛られたのだとおもっている。

暦は弥生清明《やよいせいめい》となり、江戸のいたるところに桃の花が咲きみだれている。

艶《あで》やかに着飾った町娘たちに目を細め、蔵人介は四谷《よつや》御門へとつづく麹町《こうじまち》の往来を歩いていた。

従者の串部が、後ろから喋りかけてくる。

「もうすぐ、鈴振り谷でござりますな」

指摘され、駕籠図のことをおもいだした。

「あれから、半月になります」

「早いものだな」

「近道してまいりましょうか」

「ん」

めずらしく、串部のほうから誘ってくる。

もはや、有壁大悟殺しの探索は終わったはなしだ。今さら蒸しかえす気もないが、わざわざ鎌倉まで足労《そくろう》した串部には未練があるのだろう。

「ふふ、横目にも矜持《きょうじ》ありか」

蔵人介の皮肉を聞きながし、串部は町家の途切れたあたりから道を右手に曲がる。

あいかわらず、鈴振り谷は薄暗い。

串部はどんどんさきへ進み、はたと足を止める。

暗がりから、聞きおぼえのある濁声が発せられた。

「旦那、酒手をはずんでいただけりゃ、唐天竺までもめえりやすぜ」

半月前の小悪党だ。性懲りもなく、同じところで悪さをしているらしい。

「ちょうどよい」

蔵人介は串部の肩を摑み、後方へ押しやった。

暗がりに声を掛ける。

「一朱《しゅ》やる。坂の上までつきあわぬか」

「ぬへへ、坂のてっぺんでよろしいので」

うっかり顔を出した男は、ぎょっとする。

「げっ……お、鬼役」

「おぼえておったな。ちと、おぬしに聞きたいことがある。ほれ、逃げるな。きちんとこたえたら、一朱くれてやるぞ」

「ま、まことでやすかい」

「嘘は言わぬ」

一歩近づくと、大男は一歩退《ひ》いた。

蔵人介は、にっこり笑いかける。

「何も怖がることはない。半月前、涅槃会《ねはんえ》の前々夜、このあたりで妙な駕籠に出会《でくわ》さなんだか」

「妙な駕籠」

「さよう。おぬしら、ずっとここで網を張っておったのであろう。侍の乗った駕籠を襲ったこともあるはずだ」

「ありやすぜ。へへ、駕籠に乗った侍《さむれ》えは、いい鴨《かも》でね」

駕籠かきを脅しあげれば、捨てられた駕籠だけが残される。あとはじっくり料理してやればいい。

「駕籠の侍えがへっぽこなやつなら、容易に身ぐるみを剝ぐことができやす。へへ、旦那みてえにお強い御仁《ごじん》は、そういねえ。いや、ひとりいたな。そういえば、やたら強《つえ》えご隠居がおりやした」

「隠居だと」

身を乗りだす蔵人介に向かって、男は思案顔でつづける。

「雪をかぶったみてえに髪の白《しれ》えご隠居で、そいつが図々しいったらありゃしねえ。担ぎ手が逃げたから、おまえたちが駕籠を担げ。坂上の屋敷まで担いでいったら、酒手をはずんでやると言いやがった」

「言われたとおりにしたのか」

「へい。情けねえことに、ご隠居の迫力に呑まれちめえやしてね。しかも、小判の詰まった巾着《きんちゃく》をみせびらかすもんで」

山吹色の誘惑に負け、隠居の住む屋敷まで駕籠を担いでいった。

「ところが、駕籠から降りたら、爺は酒手も払わずに消えちめえやがった」

酒手をねだったら、斬られるかもしれないという恐怖を抱かされたという。

「正直、消えてくれてほっとしやしたぜ。命があっただけでも、よしとしなくちゃならねえ。危ねえ相手はたいていわかるんだが、的を外したのはそのご隠居と鬼役の旦那だけでさあ」

白髪の侍は坂の途中で駕籠を降り、懐中から巾着を取りだしている。

そのとき、駕籠図を落としたのかもしれない。

確信はないが、調べてみる価値はありそうだ。

「隠居を届けたささはわかるな」

「あたりめえさ。番町は庭みてえなもんだ」

「案内しろ」

駄目で元々でも行ってみよう。

串部とも目顔《めがお》で合図を交わす。

蔵人介は袖口から一朱金を取りだし、ぴんと指で弾いた。

六

道が網目《あみのめ》のように交錯する番町の迷路を、小悪党は水を得た魚のように進んでいく。

そして、三人は絵図などに「表二番丁」と記されたあたりまでやってきた。

「ご覧なせえ。そのさきの練塀から、見越《みこ》しの松が太い枝をにょっきりさらしておりやしょう。あそこでやすよ」

敷地の広さは、五百坪ほどあろうか。

家禄五百石に満たない中堅旗本の門構えだが、矢背家よりは格段に大きく、立派な拝領屋敷だ。

「ふうん、あそこか。確かだな」

「まちげえるわけがありやせん」

小悪党は胸を張ってこたえ、来た道を戻りはじめる。

また、名を聞き忘れたとおもい、蔵人介は苦笑した。

「訪ねてみますか」

串部は冗談半分に言い、門のほうへ歩きだす。

と、そのとき。

一陣の風が隘路《あいろ》を吹きぬけ、蔵人介の纏《まと》う桜鼠《さくらねず》の着流しの裾《すそ》をさらっていった。

「殿、危ない」

串部が叫ぶ。

背後に殺気をおぼえ、反転しながら国次を抜きはなった。

「ぬえい」

白刃が空を切る。

ばっと羽音が聞こえ、大きな鴉《からす》が飛びたった。

いや、鴉ではない。

見越しの松の太い枝に、何者かが留まっている。

「人か」

地べたから悠々と、見上げるほどの高みまで跳躍してみせたのだ。

人間業《わざ》ではない。

蔵人介は、はっとした。

「おぬしは、公人朝夕人《くにんちようじやくにん》」

「いかにも、やっと気づかれたか」

姓名は、土田伝右衛門《つちだでんえもん》という。

公人朝夕人とは若年寄支配の同朋《どうぼう》に属する軽輩《けいはい》で、公方が尿意を告げたとき、いちもつを摘《つま》んで竹の尿筒《しとづつ》をあてがう役目を負う。ただし、裏の役目も帯びており、いざというときは公方を守る最強にして最後の盾と化す。公方すらそのことは知らず、近習《きんじゅ》を束ねる御小姓組番頭《おこしようぐみばんがしら》の命で動いていた。

御小姓組番頭は橘右近《たちばなうこん》といい、老体ながら「目安箱《めやすばこ》の管理人」と呼ばれるほどの反骨漢《はんこつかん》である。ともあれ、蔵人介は亡くなった養父からも「公人朝夕人に近づいてはならぬ」と聞かされていた。

「鬼役どの、策もなく相手の懐中に飛びこむのはおよしなされ」

「ふん、おぬしに指図される筋合いはない」

「いいえ、ござります」

伝右衛門は枝から離れ、ふわりと地に降りたつ。

「こやつめ」

斬りつけようとする串部を、蔵人介が止めた。

伝右衛門ではなく、串部の身を案じたのだ。「鎌髭《かまひげ》」と命名した同田貫《どうたぬき》をもってしても、公人朝夕人には歯が立つまい。

「橘さまが案じておられましたぞ」

「わしのことをか。ふん、どうせ、おぬしのような子飼いの刺客にしたいだけのはなしであろう」

「いけませぬか。鬼役どののほど、刺客にふさわしい御仁はおられますまい」

「飼い犬にはならぬ。そう、お伝えしろ」

「さあて、どういたしますかな。そんなことより、なにゆえ、この旗本屋敷を訪ねてこられた」

「それはこっちの台詞《せりふ》だ。どうして、おぬしがここにおる」

「殺しの探索にござります」

「ん、殺しとは有壁大悟殺しのことか」

「いいえ。拙者が追っているのは、石倉良順《いしくらりょうじゅん》殺しの下手人にござる」

「石倉良順といえば、中奥出入りの奥医師ではないか」

「いかにも。昨夜、麴町にある自邸の門前にて、何者かに斬られました。遺体を最初にみつけたのが、元富士見宝蔵番頭《ふじみほうぞうばんがしら》の聖沢又左衛門《ひじりさわまたざえもん》にござります」

公人朝夕人はそう言い、見越しの松に顎をしゃくる。

「ほほう、この屋敷の主人は元富士見宝蔵番頭であったか」

富士見宝蔵番とは千代田城内で宝物を納めた蔵を守る役目、閑職ゆえか、ほかの役目で失態のあった者や厄介者の捨てどころと考えられている。

「聖沢家は武辺者《ぶへんしゃ》として知られた由緒ある家系で、仙台《せんだい》藩の出入旗本を任されたこともあったとか」

「仙台藩といえば、一関藩の親藩《しんぱん》ではないか」

「矢背さま、それがどうかいたしましたか」

「何者かに斬られた有壁大悟は、昨年の暮れまで一関藩の馬廻り役をつとめておった人物でな」

公人朝夕人が乗ってくる。

「手口は、おわかりか」

「ふむ。下腹を横一文字、下段の水平斬りだ」

「奥医師と同じでござるな」

何やら、はなしの糸がこんがらがってきた。

「にしても、なにゆえ、おぬしが奥医師殺しを調べておるのだ」

「それを聞いたら、後戻りはできませせぬぞ」

「脅すのか」

「ふふ、お教えいたしましょう。石倉良順には、密かに殺しの疑いが掛けられておりました。とあるお方に、毒を盛ったのでござるよ」

「まさか、毒を盛った相手とは、水野出羽守さまではあるまいな」

「あいかわらず、鋭い勘働きにござりますな」

「ふうむ」

予想していたとおり、水野出羽守は毒殺されたのだ。

しかも、毒を盛ったと疑われた奥医師まで殺された。

「口封じか」

蔵人介は、聖沢家の門を睨みつける。

まちがいあるまい。公人朝夕人も疑っている以上、聖沢又左衛門なる者が殺ったにちがいない。

何者かに金で雇われたのだろうか。

「これより詳細に調べ、後ろで糸を引く黒幕の正体をあばかねばなりませぬ。いずれ、橘さまからお呼びが掛かりましょう。心して、お待ちなさるがよい」

「ふうむ」

これもまた、何かの宿縁か。

今となってみれば、駕籠図を拾ったことが恨《うら》めしい。

気づいてみれば、公人朝夕人のすがたは煙と消えてしまっていた。

七

辻々には、枝垂《しだ》れや一重などの桜も咲きはじめた。

蔵人介はふとおもいたち、神楽坂《かぐらざか》に足を向けていた。

勾配《こうばい》のきつい坂をのぼり、武家屋敷を抜けた裏手の小径《こみち》を進むと、瀟洒《しょうしゃ》なしもた屋がみえてくる。

そこで実父の孫兵衛《まごべえ》が、愛妻のおようと小料理屋をやっている。

以前は「叶《かのう》」という姓を持ち、番町の御家人長屋に住んでいた。

早くに実母を亡くした蔵人介は、孫兵衛に男手ひとつで育てられた。

そして、旗本の養子にしたいという御家人の夢をかなえるべく、十一歳のときに矢背家へ貰《もら》われていったのだ。

毒味役の家へ養子に出すという実父の決断が、はたして良かったのかどうか。

今でも、推しはかる術はない。

すべては、宿命《さだめ》と受けとめている。

孫兵衛は長らく千代田城のありもしない天守の番人をつとめたあと、おようという新たな伴侶を得た。

潔く役目を辞し、御家人株も売りはらい、武士を辞めて幸福を摑んだ。

板戸を押して訪ねてみると、四つ目垣の向こうで、品の良い面立《おもだ》ちの年増《としま》が山菜《さんさい》を摘んでいた。

「おようどの」

名を呼ぶや、ぱっと顔を輝かす。

「これはこれは、納戸町のお殿さま」

「お殿さまは、おやめくだされ」

「お久しぶりにござります」

「父はおりましょうか」

「昼餉の仕込みをなされておいでですよ。ささ、どうぞ」

「お邪魔いたします」

見世《みせ》のなかは、鰻《うなぎ》の寝床のように細長い。

床几《しょうぎ》の向こうから、庖丁で俎板《まないた》を叩く小気味よい音が聞こえてきた。

「父上」

「おう、来たか」

孫兵衛は小さな目を皺《しわ》に埋め、嬉しそうに出迎えてくれた。

「牡蠣《かき》のよいのがあるぞ。旬ゆえな、焼いてみるか」

「いただきましょう」

突きだしは葱《ねぎ》ぬた、酢味噌で和えた赤貝《あかがい》や辛い浅葱《あさつき》もある。

牡蠣もふくめて、いずれも公方の膳には並ばぬ品々だ。

「はたして、鬼役どののお口に合うかどうか」

「からかうのはおよしくだされ」

焼いた牡蠣に味噌をつけ、つるっと口に入れる。

「美味い。これはなかなかのものでござる」

「さようか。ふふ、わしも腕をあげたであろう」

「素材がよいのでござりましょう」

「こやつめ」

おようが気を利《き》かせ、下り酒の満願寺《まんがんじ》に燗《かん》をつけてくれた。

注《つ》がれた猪口《ちょこ》をすっとかたむけ、蔵人介は長々と溜息《ためいき》を吐く。

「どうした。厄介事か」

「わかりますか」

「ここに来るときはたいてい、厄介事を抱えてくるからの」

「元富士見宝蔵番頭、聖沢又左衛門という名に、お聞きおぼえはござりませぬか」

「知らぬはずがない。七年ほどまえに、隠居なされたはずじゃが」

「やはり、ご存じでしたか」

幕臣たちのあいだには「富士天」なる隠語がある。「富士」は富士見宝蔵番頭、一方の「天」は天守番頭のことで、いずれも閑職であることから、左遷《させん》を意味した。「同類相憐《どうるいあいあわ》れむ。富士見宝蔵番の番士どもとは、愚痴をこぼしあう仲じゃった。されど、番頭ともなれば、はなしは別じゃ。なにせ、御旗本の殿さまゆえ、軽口など叩けるはずもない。ことに、聖沢さまは気難しいお方でな、いつも不満を抱えておいでのようじゃった。厳《いか》めしいお顔で出仕なされ、一日じゅう、誰ともことばを交わそうとなされなんだ」

「富士見宝蔵番には、どのくらいおられたのでしょう」

「さて、三年ほどか。それ以前はたしか、御書院番《ごしょいんばん》であったと聞いた」

「ほう」

御書院番は「御番入《ごばんい》り」を望む旗本ならば、誰もが羨《うらや》む役目だ。

「それがまた、どうして富士見宝蔵番に」

「酒席での失態であったとか」

「なるほど、酒癖がわるいのか」

「じつは、富士見宝蔵番頭の役を解かれ、隠居を余儀なくされたのも、酒のせいでな」

酒席で酒を浴びるほど呑んだあげく、上役に摑みかかって日頃の鬱憤《うつぷん》をぶちまけた。

その場で刀を抜けぬほど酩酊《めいてい》していたのがかえって幸いし、刃傷沙汰《にんじょうざた》にはおよばなかったという。

「切腹を命じられてもおかしくないほどの醜態《しゅうたい》だったと、当時は噂されたものじゃ。されどな、富士見宝蔵番は『不死身』の番人ゆえ、切腹《せっぷく》を許されぬ。屹度叱《きっとしか》りのうえ蟄居《ちっきょ》ということで、一件は幕引きにされた」

孫兵衛は溜息まじりに顚末《てんまつ》を語り、目を宙に泳がせる。

「最後の出仕《しゅっし》となった日、みなで門まで見送りにまいった。驚いたことに、聖沢さまは髪が真っ白になっておられた。まだ五十の手前で、髪も黒々としておられたに、隠居を強《し》いられたことが、よほど身にこたえたのじゃろう」

情けなくも哀れな逸話《いつわ》だが、世知辛《せちがら》い世のありようや不運な身の上を嘆いて、酒に溺《おぼ》れたい気持ちもわからないではない。

存外に正直で不器用な性分《しょうぶん》なのかもしれぬと、蔵人介はおもった。

だが、隠居して刺客に堕《お》ちたのだとしたら、同情の余地はない。

孫兵衛が身を乗りだし、満願寺を注いでくれる。

「聖沢さまは隠居なされてから、居合を教える町道場で師範代をつとめておられたと聞いた。蔵人介よ、おぬしが矢背家で修得したのも、田宮流の居合であろう」

蔵人介は盃《さかずき》を呷《あお》り、ことりと置いた。

「父上、何が仰りたいので」

「居合の手練れ同士がやりあえば、勝負は一瞬でつくのであろうと。つい、そんなことを考えたものでな」

「つまらぬことを」

「つまらぬと承知で、敢えて聞こう。居合の手練《てだ》れ同士で立ちあったら、どっちが負ける」

「さきに抜いたほうでござりましょう」

「なるほど」

居合はたいてい、抜き際で勝敗が決する。

死への恐怖に負けたほうが、相手よりさきに抜く。その瞬間に太刀筋《たちすじ》を見切られ、命を落とすのだ。

「要は、自分との闘いか」

「そうかもしれませぬ」

「ならば、おぬしは負けまい」

孫兵衛は期待を込めて言い、のははと朗《ほが》らかに嗤《わら》った。

顔には感情を出さぬが、蔵人介の心中は穏やかでない。

おようが気遣って注いでくれた酒の味も、苦いものに感じられた。

八

義弟の市之進を呼びよせ、翌晩から聖沢の屋敷を張りこみはじめた。

市之進はあきらめたわけではなく、有壁大悟殺しの調べを地道にすすめていたらしかった。

「串部が調べてきた鎌倉の尼僧ですが、もしかしたら、有壁大悟の妹かもしれません」

有壁には歳の離れた古耶《こや》という妹がおり、縁あって麻布にある仙台藩の下屋敷に女中奉公していたころ、先代の斉義《なりよし》公に見初《みそ》められ、側室に迎えられた。子は宿さなかったものの、深い寵愛《ちょうあい》を受けたという。

親藩の藩主側室となった妹の威光で、兄の大悟は支藩で出世を果たした。

「つまり、蛍侍《ほたるざむらい》であったと」

「さようにござります」

斉義は六年前に三十歳の若さで逝去し、藩主は当時十一歳になったばかりの斉邦《なりくに》に代わった。

古耶はそのときに剃髪《ていはつ》し、鎌倉の英勝寺にはいったとのことだ。

「義兄上が目にされたのは、まさに、亡くなった兄の霊を弔《とむら》う妹のすがたに相違《そうい》ござりませぬ」

なるほど、市之進の言うとおりかもしれぬ。

隠された事情を知れば、哀れさも増してきた。

蔵人介は、聖沢家の門を睨みつける。

あのなかに、兄妹の絆を断った人斬りが隠れているかもしれないのだ。

すでに、日が落ちて一刻余りは経っている。

前触れもなく門脇の潜《くぐ》り戸が開き、白髪の聖沢が抜けだしてきた。

「ほうら、おいでなさった」

着流しで大小を差し、従者もしたがえていない。

左右をみまわし、怪しい者の気配を確かめている。

おもわず、蔵人介と市之進は顔を引っこめた。

遠ざかる跫音に耳を澄まし、辻陰から離れる。

市之進とうなずきあい、聖沢の背中を追いはじめた。

しばらくはまっすぐに進み、御厨谷《おんまやだに》から通じる辻を左手に曲がり、北へ転じる。

右手に馬場を眺めつつ、田安《たやす》御門をめざし、御門前の広小路から左手に折れて、もちのき坂を下りはじめた。

「市之進よ、綾辻の実家のほうではないか」

「そのようですね」

ふたつ隣の九段坂《くだんざか》を濠《ほり》沿いに進み、俎橋《まないたばし》を渡れば、綾辻家へたどりつく。

もちのき坂の中腹には、大きな榎木が植わっていた。

聖沢は、榎木の枝陰に隠れた古びた冠木門をくぐっていく。

「ここは」

「たしか、居合の道場だったところだな」

いつしか門人も絶え、今は廃屋になっている。

「訪ねてみるか」

「えっ」

「いちど手合わせしておくのも、わるくない」

「こちらの素姓を明かすことになりますぞ」

「おぬしはここで待っておれ。徒目付に嗅《か》ぎつけられたと知れば、さすがに気分はわるかろうからな」

「はあ」

市之進は、納得のいかない様子だ。

蔵人介はときとして、無謀ともおもわれるような行動に出る。

そうやって難事を切りぬけてきたので、市之進は止めようとしなかった。

蔵人介はひとり、冠木門をくぐりぬけた。

黴《かび》臭さが鼻をつく。

しんと静まりかえっており、あたりは薄暗い。

微《かす》かな月光が、荒れた庭を蒼々《あおあお》と映しだす。

鼻先の玄関は開いたままだ。

灯明《とうみよう》が誘うように揺れている。

敷居《しきい》をまたげば、道場の板の間だった。

蔵人介は下腹に力を込め、声を張った。

「たのもう。誰か、おられませぬか」

返事はない。

かまわず、草履《ぞうり》を脱いだ。

板の間を踏みしめるや、ぎっと軋《きし》みをあげる。

よくみれば、板の間は随所でめくれあがっていた。

天井には蜘蛛《くも》の巣が張り、板壁は破れている。

床の間のほうに座った人影をみとめ、蔵人介は身構えた。

「何者じゃ」

地の底から、太い声を投げかけられる。

蔵人介は居ずまいを正し、快活に応じた。

「矢背蔵人介と申します。こちらの道場のご高名は、かねがねうかがっておりました。是非とも、ご師範に一手ご教授願いたい」

「ふん、何を寝惚《ねぼ》けたことを抜かす。疾《と》うのむかしに廃《すた》れた道場にあらわれ、一手立ちあいたいなぞと。おぬし、酔うておるのか」

「まさか。酔うて居合を使えば、指を落とすのが関の山」

「おぬし、居合をやるのか」

「田宮流にござる」

「矢背どのと言われたな。聞いたことのある姓だが、おもいだせぬ」

「姓も身分も関わりはござらぬ。拙者は強い相手を求め、剣の道をいざようのみ」

「ほほう。今どき、殊勝《しゅしょう》な心構え。なれば、一手合わせてみるか」

聖沢は立ちあがり、木刀を二本携えてくる。

「ほれ」

「かたじけない」

木刀を握って対峙《たいじ》すると、聖沢の迫力に呑みこまれそうになった。

からだがずいぶん大きくみえ、雪をかぶったような頭髪と若々しい容貌《かお》の差に面食らってしまう。

「わしは水鷗流《すいおうりゅう》じゃ。おたがい、抜刀技は披露できぬが、木刀を打ちあえば太刀筋はわかる。寸止めの勝負でよろしいか」

「のぞむところ」

「されば、まいる」

「はいやっ、つおっ」

立礼もそこそこに、すすっと間合いを詰め、聖沢は中段から突いてきた。

「何の」

横振りに払いのけ、独楽《こま》のように回転する。

「ほえっ」

聖沢は逆手から、水平打ちを仕掛けてきた。

「くっ」

凄まじい衝撃だ。

不動明王《ふどうみようおう》の構えで受け、蔵人介はよろめく。

そのまま板の間に転がり、追撃を避けた。

起きあがっても、右耳がよく聞こえない。

水平打ちを受けたとき、鼓膜を痛めたのだ。

「くふふ、やりよる」

聖沢は舌なめずりをしながら、躙りよってくる。

蔵人介は脇に構えて切っ先を隠し、腰を沈めた。

「けやっ」

絶妙の機をとらえ、下段から水平打ちを繰りだす。

「むっ」

咄嗟に、聖沢は跳躍した。

大上段から、返しの一撃を打ってくる。

「もらったあ」

風音とともに、木刀が脳天に落ちてきた。

「のわっ」

その瞬間、蔵人介は死んだとおもった。

両膝を床に落とし、一撃を頭上で十字に受ける。

――がつっ。

木刀の欠片《かけら》が四散《しさん》した。

腕はじんじん痺《しび》れている。

生死の狭間《はざま》で、ときが止まった。

すっと、気配が離れていく。

真剣ならば、命はあるまい。

「おぬし、わしの水平打ちを使ったな。あれは水鷗流の波切《なみき》りだ」

聖沢の口から、鋭い問いが発せられた。

「おもいだしたぞ、矢背蔵人介。おぬし、本丸の鬼役であろう。鬼役がなぜ、水鷗流の秘技を使う」

蔵人介は白髪を逆立てた相手を睨み、ゆっくり立ちあがった。

「見よう見まねでおぼえた波切りが、はたして、通用するのかしないのか。ご本家相手にためしてみようとおもいましてな」

「狙いは何だ。なにゆえ、世を捨てたも同然のわしにまとわりつく」

「何だと」

「はて、それはご自身の胸にお聞きくだされ」

「勘ぐりなされるな。深い意味はござらぬ。ひとつ、ご師範にお聞きしたいことがござる」

「何じゃ」

「人を斬る理由をお尋ねしたい。あなたは、人を斬ったことがありそうだ」

「そのようなこと、聞いて何になる。冥途《めいど》の土産話にもなるまい」

「知りたいのでござる」

「どうして」

「あなたとは、同じ穴の狢《むじな》かもしれぬゆえ」

「おぬしとわしが、同じ穴の狢じゃと」

聖沢は淋しげに笑い、肩の力を抜いた。

「されば、わかりやすい理由をひとつだけ教えてつかわそう。それはな、金だ。金さえ貰えば、罪業《ざいごう》を感じずに人斬りができる。罪業に押しつぶされそうになったとき、人斬りは黄金の輝きに救いを求めるのだ。まちがっていると申すなら、教えてくれ。なぜ、人を斬るのか。おぬしに明確なこたえがあるのならな」

蔵人介は、返答に窮した。

聖沢は背中を向け、諭《さと》すようにこぼす。

「去るがよい。二度と、わしのまえに面《つら》を出すな。禁を破ったときは、おぬしが死ぬときと心得よ」

脅しではあるまい。

それだけの技倆《ぎりょう》を兼ねそなえている。

死への恐怖を断ちきらぬかぎり、勝ちはないなと、蔵人介はおもった。

九

数日後。

奥の院から、お呼びが掛かった。

相手は近習を束ねる御小姓組番頭、橘右近だ。

職禄四千石は御側衆《おそばしゅう》や大御番頭《おおごばんがしら》などにつぐ高禄、旗本役にしては最高位に近い。お呼びが掛かれば、一介の鬼役に断る術はなかった。

蔵人介はじっと夜更けを待ち、宿直部屋を抜けだした。

めざす楓之間《かえでのま》は、公方の膳がはこばれる御小座敷の脇からさらに遠くの御渡廊《おわたり》下を抜け、左手上御錠口の手前にある。公方みずから茶を点《た》てる双飛亭《そうひてい》や、小姓《こしょう》たち相手に投扇興《とうせんきょう》などをしてくつろぐ居間なども集まっていた。

宿直部屋からは三十畳敷きの萩《はぎ》之御廊下など長大な廊下を渡り、いくつかの御渡廊下を進まねばならない。

見廻りも行き来しており、みつかれば斬首《ざんしゅ》は免れなかった。

さすがの蔵人介も、橘のもとに向かうときは緊張を強いられる。

廊下のさきは薄暗い。

まっすぐ抜ければ上御錠口、そのむこうは大奥だ。

廊下を左手に曲がって奥へすすめば、双飛亭がある。

忍び足で廊下をたどり、どうにか楓之間に滑りこんだ。

手探りで闇を掻《か》きわけ、床の間に掛かった軸の脇紐を引く。

芝居仕掛けのがんどう返しさながら、白壁が音もなくひっくりかえった。

そのさきが「奥の院」とも「隠し部屋」とも呼ぶ御用之間《ごよう》だ。

小姓すら知らない奥座敷で、広さは四畳半しかなく、一畳ぶんは公方直筆《じきひつ》の御書面や目安箱の訴状などが納められた黒塗りの御用箪笥《だんす》に占められている。

低い位置には、坪庭《つぼにわ》をのぞむ小窓もあった。

歴代の将軍たちは誰にも邪魔されず、この隠し座敷で政務にあたった。

五十年近くも権力の座に居座る家斉は、一度も踏みこんだことがない。

政事《まつりごと》に倦《う》んだ公方に代わって部屋を管理しているのが、目安箱の番人でもある橘右近なのだ。

「ふほほ、来よったか」

小柄な老臣が丸眼鏡《まるめがね》をずらし、口をすぼめて笑いかけてくる。

見掛けこそ冴えない老爺《ろうや》にすぎぬが、橘右近は中奥に据えられた重石《おもし》のような役割を果たしていた。派閥の色に染まらず、御用商人から賄賂《まいない》も受けとらず、寛政《かんせい》の遺老《いろう》と称された松平信明《まつだいらのぶあきら》が生きていたころから、今の役目に留まっている。

反骨漢にして清廉《せいれん》の士との評だが、かなりの策士でもあった。

蔵人介は剣の技倆と胆力《たんりょく》を見込まれ、子飼いの刺客にならぬかと誘われている。

もちろん、受けるつもりはない。

二度と誰かの命で人斬りをしたくはなかった。

「まあ、座れ」

橘が、入れ歯をもごつかせる。

部屋の造作《ぞうさく》に、少し変化があった。

「炉《ろ》を切ったのじゃ。茶でも点てようとおもうてな。ところが、炉を切ってから、客がおらぬことに気づいた。うほほ、いよいよ惚《ぼ》けたのかもしれぬ。して、刺客との申しあいはどうであった。相手の太刀筋は見極めたのか」

「何でもお見通しでござりますな」

「あたりまえじゃ。おぬしのことは尻の穴までわかるわい」

「えっ」

「戯《ざ》れ言《ごと》じゃ。気にいたすな」

蔵人介は渋い顔で、ぼそぼそ喋りはじめた。

「聖沢又左衛門の技倆は、並みではござりませぬ」

「おぬしとは五分と五分、公人朝夕人もそうみておるようじゃ。まあ、いずれ近いうちに決着をつけることになろう」

「それは、ご命令でござりますか」

「命じたら、やめるのか。へそ曲がりなやつめ」

「聖沢を雇った者の素姓は」

「それよ」

橘はもったいぶるように黙り、おもむろに茶を点てはじめる。

「ふふ、一服盛ってやろう。おっと、毒ではないぞ」

「笑えぬ冗談にござります」

「くく、出羽守さまのことか」

橘は笑いを怺《こら》えている。

何がそれほど可笑《おか》しいのだろうか。

「ここだけのはなし、逝《い》ってくれて安堵してもおる。なにせ、治世が長すぎた。十七年じゃ。水野出《いで》て元の田沼となりにけり。出羽守さまが御老中首座になられた当時、巷間《こうかん》で詠《よ》まれた落首《らくしゅ》じゃ」

水野出羽守の治世下では、田沼意次《おきつぐ》のころを遥かに超える賄賂が横行した。

「あのお方は家斉公の浪費を諫めるでもなく、金を湯水《ゆみず》の如く使い、足りぬぶんは悪貨の鋳造《ちゅうぞう》でしのいだ。そのようなことで御政道《ごせいどう》が保《も》つわけもない」

元文《げんぶん》小判を溶かして金の量目が低い文政《ぶんせい》小判を鋳造し、市中に悪貨を溢《あふ》れさせた。差益によって幕府は五百万両を超える収入を得たものの、あくまでもそれは見せかけの利益にすぎず、米価や諸色《しょしき》は今も天井《てんじょう》知らずの高騰をみせている。

「十七年のあいだに膿《うみ》が溜まった。ひと握りの富める者たちだけが富み、多くの者は貧困に喘《あえ》いでおる。全国津々浦々に住む民百姓の暮らしむきをみよ。飢え苦しみ、疲れはて、筵旗《むしろばた》を握ることもできぬ。幕閣《ばっかく》で心ある者はみな、出羽守さまが逝ってくれて、ほっとしておることじゃろう。されどな、後釜がわるい。奸智《かんち》に長《た》けてはおらぬが、凡庸でな、佞臣《ねいしん》どもの神輿《みこし》に担がれやすい」

松平周防守康任のことだ。

佞臣どもとは、御小納戸頭取や御側御用取次《おそばごようとりつぎ》などの重職に就く公方の側近たちだ。

佞臣どもの背後に控えるのは、本所向島《ほんじょむこうじま》に隠棲《いんせい》した中野碩翁《なかのせきおう》にほかならない。

碩翁は家斉の寵愛《ちょうあい》を一身に受けるお美代《みよ》の方の養父、長きにわたって中奥の仕切りを一手に任されてきた。隠居の身になっても高禄を貰いつづけ、家斉の御伽衆《おとぎしゅう》として好きなときに登城できる特権まで与えられている。盆暮れには今も、付け届けをする者たちの列が延々と連《つら》なるほどだった。

蔵人介は碩翁から、隅田《すだ》村の『有明亭《ありあけてい》』なる高級料理屋に誘われたことがあった。

矢背家の由来や居合の達人であることを調べられ、刺客にならぬかと打診されたのだ。申し出を峻拒《しゅんきょ》して以来、針の筵に座らされた気分だが、何らかのはたらきかけは今のところない。

権謀術策《けんぼうじゅつさく》を弄《ろう》する碩翁こそが諸悪の元凶なのだと、橘は強調する。

「碩翁一派は、出羽守のもとでさんざん甘い汁を吸ってきた。されど、こたびの毒殺は碩翁の謀事《はかりごと》ではないかと、わしは睨んでおる」

なぜ、碩翁が出羽守の命を狙わねばならぬのか。

「つまるところ、御《ぎょ》しがたくなったということさ。ゆえに、神輿《みこし》に担ぐ者の首をすげかえた」

うがちすぎだと、蔵人介はおもった。

いずれにしろ、口にするのさえ憚《はばか》られる重大事を、丸眼鏡の老臣はこともなげに喋りつづける。

「毒を盛った奥医師が死んだ今となっては、確かめる手だてもないが。ま、おもいあたる節《ふし》もなくはない」

蔵人介は、ずるっと苦い茶を啜った。

「ほれ、茶菓子もあるぞ。金沢丹波《かなざわたんば》の落雁《らくがん》じゃ」

「いいえ、けっこうにございます」

「食わぬなら、土産にするがよい。おなご衆は甘い物に目がないゆえな」

橘は落雁を紙に包み、畳に滑らせてよこす。

蔵人介はありがたく頂戴し、くいっと顎をあげた。

「橘さま、おもいあたる節とは」

「おう、それか。それはな、感応寺《かんのうじ》の再興に関わることじゃ」

「感応寺とは、谷中《やなか》の廃寺にございますか」

「さよう、経緯をはなせば長くなるがな」

日蓮宗《にちれんしゅう》を奉じていた谷中の感応寺は、約百四十年前の元禄《げんろく》十二年、幕府が禁じる不受不施《ふじゅふせ》の宗義をおこなった罪により、上野《うえの》の東叡山《とうえいざん》預かりとなって天台宗《てんだいしゅう》に改められ、事実上の廃寺とされていた。

この感応寺を日蓮宗に帰宗したうえで復興させたいとの願いが、池上本門寺《いけがみほんもんじ》など多方面からにわかにあがってきた。

「多額の賄賂が幕府要人に流れたのじゃ。幕閣の主立《おもだ》った面々や大奥の年寄たちが感応寺復興を声高《こわだか》に叫び、肝心の上様もこれを容認なさった」

昨年の霜月《しもつき》、寺社奉行の脇坂中務大輔安董《わきさかなかつかさのたいふやすただ》（播磨龍野《はりまたつの》藩第八代藩主）を介して東叡山側へ「格別の思《おぼ》し召しにより感応寺を復興せよ」との通達がなされた。

「ところが、東叡山側の舜仁法親王《しゅんにんほうしんのう》らは、幕法転換の疑念ありとして激しく抗《あらが》った。谷中感応寺が東叡山の鬼門でもあることからも、頑《がん》として復興を認めなかったのじゃ。ふふ、困ったのは脇坂さまよ。おぬしも知るとおり、三十年前に谷中延命院《えんめいいん》の破壊坊主を鮮やかな手並みで裁き、上様の信頼を得られた。その手腕を買われて五年前に寺社奉行に返り咲いて以来、ご老体に鞭《むち》打って幕政の一翼を支えてこられた」

正義の人として知られる脇坂中務大輔は、そもそも、感応寺復興に乗り気ではなかった。東叡山側から反撥《はんぱつ》に遭い、ほとほと困って閣議に掛けた。

「その閣議において、谷中での復興をあきらめた際の代案が浮上した。別のところに新しい寺を建立《こんりゅう》するという案じゃ」

ところは雑司《ぞうし》ヶ谷《がや》の鼠山《ねずみやま》にある安藤対馬守《つしまのかみ》（奥州磐城平《おうしゅういわきたいら》藩）の下屋敷跡、二万八千坪を超える地に新しい感応寺を建立することが定められた。

「古くは太田信盛《おおたのぶもり》なる御旗本が家康公の放鷹《ほうよう》にしたがわれた際、同地を屋敷地として賜《たまわ》ったのがはじまりじゃ」

武蔵野の面影が濃い丘陵地で、鷹狩りや猪狩りなどをおこなうところでもある。

「復興の願い書には、五重塔をふくむ豪奢《ごうしゃ》な大伽藍《だいがらん》を筆頭にして、堂宇《どうう》、釈迦《しゃか》堂、祖師《そし》堂、経蔵《きょうぞう》、鎮守《ちんじゅ》堂、宝蔵《ほうぞう》、鐘楼《しょうろう》、鼓楼《ころう》、宿坊《しゅくぼう》など数々の建物が記されておったわ」

新寺が建立されれば、惣門《そうもん》前には料理屋や土産物屋が軒を並べ、華やかな門前町が形成される。

将軍家はじめ御三家御三卿《きょう》、雄藩《ゆうはん》の殿様や奥方たちも挙《こぞ》って参詣《さんけい》するにちがいない。なかでも、大奥の身分の高い女官たちは頻繁に訪れ、喜捨《きしゃ》と名のついた金子《きんす》を何万両と落としていくだろう。

だが、出羽守の毒殺とそれが、いったい、どう関わってくるのだろうか。

「感応寺の復興を誰よりも強くはたらきかけたのが、破壊坊主の日啓《にっけい》じゃ。その日啓が心からのぞんだことを、出羽守が『身の丈《たけ》に合わず』として潰《つぶ》したのじゃ」

橘は、ふんと鼻を鳴らす。

下総中山法華経《しもうさなかやまほけきょう》寺の別当《べっとう》寺を仕切る日啓は、今も並びなき権勢を誇るお美代の方の実父だ。

中山法華経寺の支院である智泉院《ちせんいん》の住職にすぎなかったが、狡知《こうち》に長けた碩翁と縁を結んだことで運がひらけた。碩翁の養女となったお美代の方は、その美貌と才《さい》気《き》で家斉の心を奪った。「御手つき中﨟《ちゅうろう》」となった娘の威光で、智泉院は将軍家御《ご》祈禱《きとう》取扱所に格上げされ、江戸から下総中山へとつづく約七里の道程は祈禱や参籠《さんろう》に向かう女駕籠で埋めつくされるほどになった。

「しかも、日啓は上様の気鬱《きうつ》につけこみ、亡くなられた前将軍嗣子《しし》の家基《いえもと》さまが上様を羨んでいるのが原因だと告げた。家基さまは毒殺されたとの説があり、上様は気に掛けておられた。そこに、生臭坊主はまんまとつけこんだのじゃ」

日啓の託宣《たくせん》を信じた家斉の命により、法華経を腹蔵した家基と家斉の木像二体が彫塑《ちょうそ》され、若宮《わかみや》八幡宮に奉納された。それにともない、中山法華寺境内《けいだい》に納所《なっしょ》が造営され、別当寺として守玄院《しゅげんいん》も新築された。日啓は今、この守玄院の院主におさまっている。

「日啓に崇高《すうこう》な教義がわかるはずもなかろう。やつの狙いは、感応寺の富籤《とみくじ》じゃ」

なるほど、感応寺は幕府から富籤興行を許された数少ない寺だ。富籤興行の収入は年三十万両ともいう。再興に尽力して日啓自身が住持《じゅうじ》におさまれば、莫大な利権を手に入れ、がっぽり儲《もう》けることができるのだ。

「日啓はこのはなしを碩翁に持ちこみ、碩翁の息が掛かった佞臣どもが動いた。無論、上様のお心を動かすことができるのは、お美代の方じゃ。いつものように、廃寺の復興をおねだりしたに相違ない。そのあげく、鶴の一声で復興が決まったという顛末《てんまつ》じゃ。しかも、日啓め、とんでもないことを画策しよった。新築する本堂のなかに、何と、金色堂《こんじきどう》を建立したいと言いだしたのじゃ」

それこそが、出羽守に「身の丈に合わず」と断じられたものの正体だ。

金色堂といえば、陸奥国平泉《むつのくにひらいずみ》の中尊寺《ちゅうそんじ》金色堂が名高い。奥州藤原《ふじわら》氏の初代藤原清衡《きよひら》により、約七百年前に建立された。文字どおり、堂宇のすべてを金箔《きんぱく》で包んだ黄金の阿弥陀《あみだ》堂だ。

日啓は幕府にたいして、中尊寺を超える金色堂の建立を所望《しょもう》した。

「かつて、太閤秀吉《たいこうひでよし》は大坂《おおさか》城に黄金の茶室を造らせた。それと同じでな、人は増長すると、黄金の輝きを求めるようになる」

さっそく、作事《さくじ》奉行などに内々の打診があり、建立できるかどうかの下調べがおこなわれた。

「参考になるのは、やはり、中尊寺金色堂じゃ。修繕の責を負うのは仙台藩ゆえ、同藩の留守居役が密かに呼ばれた」

留守居役は終始、難しい顔をしていたという。下手《へた》なことを喋って普請《ふしん》御用を仰せつかれば、とりかえしのつかない事態になる。ただでさえ、藩の台所は火の車なのに、新たに金色堂の普請などやらされたら、藩財政は立ちゆかなくなってしまうからだ。

「そこで、支藩の一関藩にお鉢がまわってきた。一関藩も、中尊寺金色堂の修繕を負わされておるゆえな」

作事奉行は一関藩の留守居役を呼び、金色堂建立にあたっての留意事項を聞きだそうとした。ところが、留守居役は建立は無理だと、最初からはねつけた。

「まず、黄金が足りぬ。白河関《しらかわのせき》から外ヶ浜《そとがはま》まで一丁ごとに黄金の笠卒塔婆《かさそとば》が立っていたのはむかしのはなし、奥州の金はあらかた掘りつくされてしもうたからの。足りぬのはそれだけではない。黄金に匹敵するほどの高価な何かが足りぬと、留守居役は言いよったらしい」

「黄金に匹敵する何かとは」

「わからぬ」

「えっ」

ともかく、そうした経緯のなか、一関藩の留守居役はかねて懇意にしている江戸城本丸の奥右筆《おくゆうひつ》を介し、老中首座の水野出羽守へはたらきかけをおこなった。

「何としてでも、金色堂の普請を阻《はば》んでもらうべく、何千両もの賄賂を手渡したとも伝えられておる」

賄賂が効いたのか、出羽守の英断で金色堂の建立は葬《ほうむ》りさられた。

「それを恨みにおもった日啓や碩翁さまが、報復のために毒を盛ったと仰るので」

「理由のひとつにはなろう。金色堂の建立がなくなり、日啓は地団駄《じだんだ》を踏んで口惜《くや》しがったともいうからな。もっとも、上様がそれをお許しになったかどうかはわからぬ」

世情《せじょう》に疎《うと》い家斉でも、さすがに金色堂の建立は許さなかったであろうと橘は言うが、それは願望にすぎない。欲の深い家斉ならば、太閤秀吉《たいこうひでよし》を超える所業に挑んだのではあるまいか。

それにしても、黄金よりも高価なものとは、いったい何なのだろう。

「日啓や碩翁さまの罪状が明白になっても、連中はあの手この手で潰しにかかるじゃろう。そうなったあかつきには、おぬしの手を借りねばなるまい」

丸眼鏡の奥で、老臣の眸子《まなこ》がきらりと光った。

「今宵《こよい》はな、それを伝えておきたかったのじゃ」

刺客に仕立てようとする巧みな誘いかけだった。

蔵人介は、ぎゅっと口を結んだ。

たとい、相手がどのような悪党であろうとも、誰かに命じられて人を斬るつもりはない。

「どうじゃ、美味い茶であったか」

「少々、苦《にご》うございました」

「ふん、正直な男よ。されば、つぎはもっと美味い茶を馳走《ちそう》して進ぜよう」

一杯の苦い茶のために命懸けで廊下を渡ってくるのは、どう考えても莫迦げている。

蔵人介は、苦笑するしかなかった。

十

役目を終えて御納戸町の自邸に戻り、橘に貰った落雁を手渡すと、妻の幸恵は途端に浮き浮きとしはじめた。

橘に言われずとも「おなご衆は甘い物に目がない」のはわかっている。近頃は味を占めて、御膳所から余り物のお裾分《すそわ》けを貰っていた。以前は、お裾分けも袖《そで》の下と考えていたが、養母の志乃に「いただけるものなら、遠慮することはございませぬ」と背中を押され、気楽に持ち帰るようになった。

おもしろいもので、こちらがその気になると、浅ましさがみえるのか、誰も近寄ってこない。「戦利品」を持ち帰る頻度が減るにつれ、ぞんざいな扱いをされることも多くなった。

着替えを済ませてくつろいでいると、幸恵がいぶかしげな顔を向けてきた。

「お部屋の片付けをしていたら、妙なものをみつけました」

そう言って、右手を差しだす。

ひらいた掌《てのひら》には、妖しい輝きを放つものがあった。

螺鈿細工の帯留めだ。

「……そ、それは」

「銀箔で飾られたきれいな箱に仕舞ってあったお品です」

「勝手に蓋を開けたのか」

「落ちた拍子に開いたのですよ。もしかしたら、わたしにみつけてほしかったのかも」

そんなはずはあるまい。

「これはどうなさったの」

棘《とげ》のある目で睨まれ、ことばに詰まる。

やましいことは何ひとつない。正直にこたえればいいのに、蔵人介はどぎまぎしてしまう。

「どなたかに差しあげるおつもりでしょうか」

なおも厳しく糾《ただ》され、掠《かす》れた声でこたえた。

「市之進から預かったのだ」

「まあ、このような高価なものを市之進が」

面倒なので、事情は告げない。

幸恵は安堵したように、帯留めを指で撫でる。

「これと同じものを、銀座の海老屋《えびや》というお見世でみかけたことがございます」

「銀座の海老屋か」

「はい」

これだけ精緻《せいち》な細工のできる職人は、おそらく、江戸に五人とおるまい。そもそも、螺鈿細工の帯留めは高貴な女性しか求めないので、見世先に並べて売られることはないという。

海老屋なる雑貨商も客寄せの工夫で、見世先に飾っていたにすぎず、自分は垂涎《すいぜん》の眼差《まなざ》しでそれを飽くこともなく眺めていたと、幸恵はうっとりした顔で語りつづけた。

「老舗《しにせ》ではございませんよ」

以前は、池之端《いけのはた》にあった小さな見世だった。ところが、螺鈿細工の帯留めを一手に扱いはじめてから、大奥への出入りを許されるようになり、あれよという間に、大店《おおだな》が軒を並べる銀座へ進出したらしい。

「やけに詳しいな」

幸恵の知らない一面をみせられたような気がして、少しばかり口惜しかった。

「その帯留め、いかほどのお品か、ご存じありますまい」

幸恵は、悪戯《いたずら》っぽく笑う。

「うふふ、お耳にしたら、腰を抜かされるかも」

「申してみよ」

「南部《なんぶ》馬一頭ぶんのお値段でございます」

「十五両か」

仰天《ぎょうてん》した。

「近頃は品薄のことが多く、売り値は青天井だとか」

江戸市中は飢えた連中で溢れているにもかかわらず、十五両もする帯留めを求める女たちが大勢いるという。

にわかには、信じられないはなしだ。

「お金って、あるところにはあるものですね」

幸恵はほっと溜息を吐き、淋しそうに帯留めを仕舞う。

何やら哀れに感じられたが、どうすることもできない。

せいぜい自分にできるのは、野の花を摘《つ》んでやることくらいだ。

みじめな心持ちで昼餉を済ませ、ひと眠りしたあと、蔵人介はふらりと屋敷を出た。

帯留めのことが知りたくて、自然と足が銀座へ向いたのだ。

雛市《ひないち》を素見《ひやか》して以来なので、繁華な市中に出るのは十日ぶりであろうか。

道端に咲く花の色も増え、木々の緑も濃くなった。

涼風に誘われて散策するには、もってこいの季節だ。

幸恵も誘ってやれば、きっと喜んだにちがいない。

そんなことを考えながら、銀座に足を踏みいれた。

「おっ」

見上げたさきには千代田城が聳《そび》え、その背後には白銀をいただいた富士山が遠望できる。

「絶景かな」

一句詠もうにも、気の利いた句が浮かばず、仕方なく屋根看板を探した。

着流しの気儘《きまま》さだが、浪人風体《ふうてい》にはみえない。少し垢《あか》抜けた感じもあった。

客あしらいに馴れた奉公人ならば、御城勤めの直参と見破るにちがいない。

「お武家さま、どちらのお見世をお探しで」

担《かつ》ぎ商いの老人が、柔和《にゅうわ》な顔をかたむけた。

「海老屋だ」

恥ずかしげに応じると、老人は笑いながら歩きだす。

「海老屋と申せば、おなご相手の雑貨商にござりますな。そうとうに阿漕《あこぎ》なやつとの噂もござる」

「ほほう、それは初耳だな」

「いささか、恨みがござりましてね。海老屋の名を聞いただけで、胸くそがわるくなります。ご無礼があれば、お許しくだされ」

「いいや、前評判を聞いておいてよかった。海老屋は、それほど阿漕なやつなのか」

「御屋敷持ちのお侍相手に、闇金《やみがね》を貸しているのでござります。さようなこと、老いぼれの行商でも知っておるのに、お役人だけはみてみぬふりをしておられる。おおかた、たんまりと袖の下を貰っているのでしょうよ。下っ端《したっぱ》役人だけではない。お役人は上から下まで、みぃんな鼻薬を嗅《か》がされておる。さもなきゃ、銀座のまんなかに、これだけの大店《おおだな》を構えることなんざできやしない」

老人は毒づくだけ毒づいて溜飲《りゅういん》を下げると、ぺこりとお辞儀をし、目のまえに構えた大店の敷居をまたいだ。

「ささ、こちらへ」

招かれたさきが、海老屋にほかならない。

「番頭さん、お客さまをお連れしましたよ」

声を掛けられた番頭が、帳場格子《ちょうばごうし》から揉《も》み手《て》でやってくる。

老人は「よっこらしょ」と荷をおろし、板間に風呂敷をひろげはじめた。

出入りの行商なのだ。

風呂敷の中味は、細工の凝《こ》った櫛《くし》や簪《かんざし》だった。

敷居の内はひろく、奥行きもあり、素見《ひやかし》の町娘や商談中の年増などが見受けられた。

表に飾られた品のなかに、螺鈿細工の帯留めはなさそうだ。

「お武家さま、手前は番頭の与吉《よきち》と申します。本日はどのような御用で」

膝をたたむ番頭には目もくれず、蔵人介は顎を撫でまわす。

「おぬしでは、はなしにならぬ。主人を呼べ」

高飛車《たかびしゃ》な態度に出ると、与吉は膝を躙りよせてきた。

「お武家さま、ひょっとして、あちらの件でございましょうか」

「あちらとは何だ」

「しっ、声が高《たこ》うございます」

与吉は人差し指と拇指《おやゆび》を丸め、意味ありげに笑いかける。

蔵人介は、苦い顔でうなずいた。

「わかっておるなら、早《はよ》う案内《あない》せよ」

「お見受けしたところ、お旗本のお殿さまであられますな」

「わかるか」

「はい、わかります。差しつかえなければ、ご姓名とご身分をお聞かせ願えませぬか」

わざとらしく襟を正し、蔵人介はこたえてやった。

「本丸御膳奉行の矢背蔵人介だ」

「御膳奉行と申せば、公方さまのお毒味役でいらっしゃる」

「さよう」

「へへえ、おみそれいたしました。あの、御屋敷はどちらに」

「納戸町だ」

「納戸町で、四百坪といったところでござりましょうか」

「その半分だ」

「え、あ、なるほど」

与吉は肩を落とし、膝のうえで算盤《そろばん》を弾くまねをする。

「沽券状《こけんじょう》をお預かりいただき、五十両でいかがにござりましょう」

「ずいぶん、みくびられたものだな」

「ちなみに、いかほどご入り用で」

「五百両と言いたいところだが、三百両にまけといてやろう」

「ぷっ、ご冗談を」

お帰りはあちらとでも言いたげに、与吉はお辞儀をする。

慇懃《いんぎん》な態度だ。

行商の老人は、板間の片隅でみてみぬふりをしている。

蔵人介は袖口に手を突っこみ、螺鈿細工の帯留めを取りだした。

「ほれ、これをみよ」

番頭の鼻先に、餌のように差しだす。

「うえっ……そ、それをどこで」

与吉は我を忘れ、声を裏返した。

「ふふ、やはり、いわくつきの帯留めらしいな。これを質草に、三百両貸さぬか」

拒まれるのを覚悟したが、そうではなかった。

「お武家さま、勝手口のほうへおまわりくだされ」

と、与吉は声を殺したのだ。

十一

勝手口のほうへまわると、表の声が聞こえてこない座敷に招かれた。

床の間もない殺風景な部屋でしばらく待っていると、音もなく襖が開き、緋色《ひいろ》の派手な紬《つむぎ》を纏《まと》った五十男が顔を出した。

「手前が海老屋惣次《そうじ》にございます」

畳に三つ指をつき、薄い唇《くち》もとを突きだす。

狡猾《こうかつ》な鼬《いたち》顔、ひとを騙《だま》すのが得意げな面だ。

「さっそく、ご用件にはいらせていただきましょう。与吉のはなしでは、螺鈿細工の帯留めをお持ちとか」

「ふん、これか」

袖口から取りだし、わざと無造作に抛《ほう》ってやる。

海老屋は面食らいつつも、帯留めを穴があくほど眺めた。

「たしかに、手前どもでお売りしたお品に相違ございませぬ。これをどこで」

「ふふ、容易に教えるとおもうのか。まずは、こちらの要求を呑んでからだ」

「三百両でござりましたな」

海老屋は身を斜めにずらし、柏手を打つ。

襖が開き、さきほどの与吉が三方《さんぼう》を携えてきた。

海老屋の面前に置かれた三方の袱紗《ふくさ》を除くと、小判の切り餅が山積みになっている。

「ここに、三百両ございます。螺鈿細工の帯留めをお返しいただき、このことは他《た》言無用《ごんむよう》にしていただきたい。さすれば、この金をご進呈いたしましょう」

「ほう、驚いた。大金を貸すどころか、くれてやると抜かすのか」

「いかにも」

「十五両の帯留めが三百両に化けるとはな、よほどの隠し事があるとみえる」

「おことばを返すようですが、この帯留め、十五両では買えませぬぞ。桁《けた》がちがう」

「へえ、そうなのか」

なかば本気で驚いてみせると、海老屋は自慢げに滔々《とうとう》と語りだす。

「遥か南洋に浮かぶ奄美島《あまみじま》で採れた貝を使っております。夜光《やこう》貝という貴重なもので、琉球《りゅうきゅう》を介して長崎会所《ながさきかいしょ》でしか扱っておりませぬ。貝を手に入れるのもたいへんなら、帯留めの型に合わせて貝を切りだしたり、漆《うるし》を重ね塗りして艶《つや》を出す手間も掛かる。だいいち、これだけの細工ができる職人は、日《ひ》の本《もと》広しといえども、数えるほどしかおりませぬ」

「たかが、貝であろう」

「ですから、滅多に手にはいらぬ貴重な貝なのでござります。ことによったら、黄金よりも価値があるかもしれません」

「ん、黄金よりも」

どきんと、心ノ臓が鼓動を打った。

千代田城内の「隠し部屋」で橘右近に告げられたはなしと繋《つな》がったのだ。

「ご信じにならぬのか」

海老屋は顔を赤くして怒り、色摺りの引札《ひきふだ》を畳にひろげてみせた。

「ご覧くだされ。こちらは大奥のお女中方におみせいたすべく、わざわざ仙台藩にお願いし、特別に摺らせていただいた引札にござります」

「どれどれ」

覗いてみると、何やら、みたこともない豪華絢爛《けんらん》な須彌壇《しゅみだん》が柱の一本一本まで詳細に描かれていた。

海老屋は座りなおし、襟を正す。

「藤原氏三代によって築かれた陸奥の聖地、平泉の中尊寺金色堂にござります」

「えっ」

「驚かれたか。中尊寺金色堂には、須彌壇の柱や床、天井のすべてに無数の夜光貝を使った螺鈿細工がほどこされているのでござります。まさしく、みる者すべてを圧倒するほどの荘厳《そうごん》な宝物にほかなりませぬ。この帯留めが金色堂と同じ螺鈿細工のほどこされたお品と申せば、おわかりいただけましょうか。とうてい、十五両やそこらでは買えぬ宝物なのでござりますよ」

黄金よりも貴重なもの、それはまさしく、夜光貝だったにちがいない。

夜光貝が入手できないために、雑司ヶ谷に造営される感応寺本堂に金色堂を築くという日啓の夢は水泡《すいほう》に帰したのだ。

金色堂の建立に関する一件は、一関藩から奥右筆を介して老中首座の水野出羽守忠成へ「困難きわまりない」との見解がもたらされた。そのことが出羽守が毒殺される一因になったのかもしれないと、橘は説いた。

毒殺に関与したと目される奥医師は斬殺され、刺客の聖沢又左衛門は有壁大悟殺しの下手人とも目されている。

有壁が握っていた螺鈿細工の帯留めが、おもわぬところで金色堂と繋がった。

あとは複雑にからんだ糸を解き、悪事のからくりを描きださねばならない。

悪党の尻尾《しっぽ》を摑んだなと、蔵人介は直感した。

気持ちの昂《たか》ぶりを抑え、喋りつづける海老屋の顔を睨みつける。

「矢背さま。さあ、この三百両をお納めくだされ」

差しだされた三方を横に払い、蔵人介は膝で畳を滑る。

「うっ、どうなされた」

身を反らす海老屋の手から、帯留めを奪いとった。

にっと前歯を剝き、不敵な面で笑ってやる。

「今日のところは退散いたそう。三百両を受けとるか否か、こたえは後日」

海老屋は狐につままれたような顔をする。

まさか、三百両もの大金を納めずに帰ろうとは、おもいもしなかったのだ。

ふん、その手には乗らぬわ。

胸の裡で、舌を出してやる。

狡猾な鼬《いたち》は、口惜しそうに吐いた。

「お待ちを。三百両では足りませぬか。それなら」

「それならどうした。倍払うか」

「い、いえ」

「ふん、叩けばいくらでも埃《ほこり》が出てきそうだな」

袖をひるがえすや、海老屋は聞こえよがしに舌打ちをする。

振りむきざま、斬りすててやろうかとおもったが、蔵人介は自重《じちょう》した。

十二

数日経った。

実父の孫兵衛は小さな目を瞬《しばた》き、ときおり洟《はな》を啜《すす》りながら、庖丁で葱を刻んでいる。

蔵人介は市之進と串部をともない、神楽坂上の小料理屋で揚げ入り湯豆腐の鍋を囲んでいた。床几の向こうからは、焼き蛤《はまぐり》の香ばしい匂いも漂ってくるし、出された皿のうえには鯔《ぼら》の山椒焼きなどもある。

おようは下り酒の燗をつけ、手が空けば酌をしてくれた。

三人ともよく食べ、いつになく酒のすすみも早い。

頰を朱に染めた市之進はさきほどから、聖沢又左衛門のことを語っていた。

「十年前、元服したばかりの子息が市中で渡り中間《ちゆうげん》どもにからまれ、馴れない手つきで刀を抜いた。ところが、抜いた刀で指を落としてしまった。それを番士の恥として、聖沢は御書院番の役目を辞したのだと聞きました」

「ふうん、さような事情があったのか」

聖沢の不運は、さらにつづいた。

家を継ぐべき子息は指を落として以来、死《し》に体《たい》も同然となって屋敷に引きこもり、同じ旗本出身の妻女は心労をかさねたあげく、胸を病んで寝たきりになった。薬代のかさむなか、酒に逃げるしかなかった聖沢は、ある夜、上役を招いた酒席で失態を演じ、富士見宝蔵番頭もつづけられなくなったという。

「あらためて永蟄居《えいちっきょ》の沙汰《さた》が下され、腹も切れずに浪人となり、あげくのはてには番町の拝領屋敷も引き払わねばならぬ運命だとか」

「なるほどな」

聖沢は崖っぷちに追いこまれ、刺客に堕ちるしかなかったのだ。

事情を知れば、同情の余地はあった。が、みずからの不運を恨み、腹に溜めた不平不満を紛《まぎ》らわすために凶刃《きょうじん》をふるっているのなら、やはり、狂気《きょうき》の沙汰としか言いようがない。

串部が酒を呷《あお》り、口を挟んだ。

「海老屋でござりますが、殿の仰ったとおり、直参《じきさん》相手に闇金を貸しまくっておりました」

家屋敷の沽券状や御家人株を質草に取り、高利で金を貸している。禄米《ろくまい》を質草に金を貸す札差《ふださし》をまねたものだが、無論、公儀にみつかれば首が飛ぶ危ない商売にまちがいなかった。

「なにせ、公儀の許しを得ていない御法度《ごはっと》貸しでござります。あの海老屋、殿のお見込みどおり、ただの商人ではござりませぬぞ」

「盗人《ぬすっと》さ」

盗人が商人の皮をかぶり、悪智恵をはたらかせて金をしこたま儲け、銀座のまんまんなかへ見世を出すまでに成りあがったのだ。

串部は、自慢げにつづける。

「じつは手代を脅し、裏帳簿を手に入れましてな、おもしろいことが判明いたしましたぞ」

海老屋から金を借りていた侍のなかに、聖沢又左衛門の名があった。

しかも、ほかの借り手と異なり、聖沢にだけは質草が設定されていなかった。

「家屋敷の沽券状も預からず、海老屋は百両以上の金を貸しておりました。あの狡《ずる》賢《がしこ》い商人は、別のもので元が取れると踏んだのでござろう」

「別のものとは」

「剣でござります」

つまり、海老屋は聖沢に「金をくれてやるから、刺客にならぬか」と持ちかけた。

「海老屋を叩けば、かならず何か出てきますぞ」

串部に言われずとも、海老屋が怪しいのはわかっている。

市之進が箸で掬った湯豆腐を葱入りの醤油だれに浸《ひた》し、口をはふはふさせながら食った。

「義兄上、じつは、海老屋には抜け荷の疑惑がござります」

「何だと」

「それが妙なはなしで」

抜け荷の品は干し鮑《あわび》などの俵物《たわらもの》をはじめ、鷲《わし》の羽や水豹《あざらし》の毛皮などの珍品らしいのだが、今ひとつはっきりしない。なにせ、調べ帳に明記されておらず、調べに関わった小役人の古い記憶に留まっているにすぎなかった。

「小役人が低声《こごえ》で教えてくれました。抜け荷の疑いはまちがいなくあった。ところが、どこぞの雄藩からお偉方に内々で依頼があり、揉み消しがはかられたのだと。抜け荷の揉み消しをはかるとなれば、かなり上の地位の者でなければなりませぬ」

それが誰なのか、抜け荷の真相とは何なのか、目付《めつけ》筋で内々に探索をはじめたところらしい。

「海老屋を詳しく調べていけば、芋蔓《いもづる》のように悪党奸臣どもを捕まえられるやもしれませぬ」

「海老《えび》で鯛を釣るのか」

「ぬはは、義兄上にしては上手《うま》い洒落《しゃれ》でござる」

市之進は手柄を夢見ながら、手酌で楽しげに酒を呑む。

串部も遠慮せずに呑み、食べつづけた。

蔵人介は、妙に冴えた頭で考えている。

最初に戻り、有壁大悟殺しの筋を読まねばなるまい。

おそらくは、雄藩の抜け荷がからんでいる。

有壁はそれを嗅ぎまわっていたので、邪魔者として消されたのだ。

してみると、有壁は浪人でありながら、密命を帯びていたことになる。

何者かに課された密命を果たすべく、わざわざ浪人になったのかもしれない。

命じたのは、誰か。

おおかた、一関藩でも身分の高い人物だろう。

その者に警鐘《けいしょう》を鳴らすべく、有壁の遺体はわざわざ中屋敷の門前に捨てられた。

もしかしたら、雄藩とは仙台藩のことかもしれない。

支藩の一関藩が親藩の抜け荷を調べさせていたのだ。

仙台藩も一関藩も、中尊寺金色堂の維持管理に関わっている。日啓や碩翁の息が掛かった作事奉行から、新たな金色堂建立の件を内々に相談された経緯もあった。

どうやら、そのあたりに核心が隠れていそうだ。

ともあれ、鍵を握るのは海老屋であり、海老屋に雇われた聖沢又左衛門だ。

これ以上は考えても無駄だな。

鍋といっしょで、煮詰まってしまう。

「さ、おひとつ」

およう が菩薩《ぼさつ》のように微笑《ほほえ》み、人肌につけた酒を注いでくれる。

下り酒が臓腑《ぞうふ》に沁《し》みわたると、ようやく、酔いがまわってきた。

十三

弥生《やよい》もなかばを過ぎると、万物《ばんぶつ》に潤いをもたらす穀雨《こくう》の季節となる。

田圃《たんぼ》の畦《あぜ》には蛙《かえる》が跳ねまわり、土手道に八重桜なども咲きはじめるなか、矢背家の面々は隅田川に花見船を繰りだした。

屋根はないが、十人乗りのかなり大きな貸切船だ。

先代から付きあいのある船宿の主人が、船頭もふたりつけて安く貸してくれるので、毎年の恒例になっている。

志乃や幸恵や鐵太郎は、この日を楽しみにしていた。

船尾には市之進も陣取り、嬉しそうな串部のすがたもある。

墨堤《ぼくてい》の桜はすでに盛りを過ぎたものの、花見船は何艘《そう》も見受けられた。

桟橋《さんばし》で手を振る者もいれば、大橋《おおはし》の欄干《らんかん》から身を乗りだす者たちもいる。

のどかな川面に船を浮かべるだけでも、豊かな気分を味わうことができた。

「さあ、向こう岸へめえりやしょう」

船頭たちは巧みに艪《ろ》を漕《こ》ぎ、川面を滑りはじめる。

川幅は広く、向こう岸に並ぶ桜はずいぶん小さくみえた。

突如、後方から、賑やかな鉦《かね》や太鼓の音色が聞こえてくる。

「施餓鬼船《せがきぶね》ではあるまいな」

振りかえれば、巨大な花見船が船体を横にかたむけながら、悠然と近づいてきた。

「ありゃ、九間一丸《くまいちまる》だぞ」

船頭たちが、驚きの声をあげる。

「九間一丸とは贅沢《ぜいたく》な」

志乃は、おもいきり眉をひそめた。

船のうえには楼閣《ろうかく》のような屋根が設《しつら》えられ、開けはなたれた障子戸の内では、浮かれた連中がどんちゃん騒ぎに興じている。

華やかな芸者衆のすがたもあれば、裸踊りで笑わせる幇間《たいこもち》の様子もみえた。

「まあ、はしたない」

志乃は腹を立てつつ、船端《ふなばた》から首を差しだす。

「お義母《かあ》さま、あれは商人の持ち船ですよ。きっと、成金にちがいありません」

幸恵も調子を合わせ、船体を睨みつけた。

ふたりに煽《あお》られたわけでもなかろうが、九間一丸は舳先《へさき》をかたむけ、こちらにまっすぐ迫ってくる。

「ふん、いけすかねえ。こっちが退《の》くとおもっていやがる」

船頭たちはぺっと唾《つば》を吐き、舵《かじ》を操って回避しはじめた。

「まさに、大名船でござりますな」

串部は船尾で膝立ちになり、しきりに感嘆してみせる。

鯨《くじら》のような巨船は速度をあげ、ぐんぐん近づいてきた。

「おい、船頭。危ないぞ、急げ」

市之進が怒鳴った。

「急いでおりやすよ。くそっ」

「早く返せ。莫迦たれ、ぶつかるぞ」

巨船は「ぐわん」と吼《ほ》えながら、船端のすぐ脇を通りすぎていく。

「ぬへへ、お先に失礼つかまつりやす」

幇間が船端に飛びだし、ぺぺんと額を叩いた。

芸者衆の嬌声《きようせい》や、大尽《だいじん》の莫迦笑いも聞こえてくる。

巨船は瞬《また》く間に離れ、返しの大波が襲いかかってきた。

「うわっ」

蔵人介たちを乗せた船は、木の葉のように翻弄《ほんろう》される。

高波はいっこうにおさまらず、気分がわるくなってきた。

鐵太郎などは船端に摑まり、さきほど食べたものを、げえげえ吐いている。

志乃も幸恵も怒りを抑えきれず、般若《はんにや》のような形相《ぎようそう》で奥歯を嚙みしめていた。

串部が叫んだ。

「殿、ご覧になりましたか。船体に海老屋の屋号が描かれてござりましたぞ」

市之進も興奮の面持ちで応じる。

「さよう、あれは海老屋の船にまちがいござらぬ」

蔵人介にも確信はあった。

楼閣のなかでふんぞり返っていた鼬顔の大尽は、海老屋惣次にまちがいない。

幇間のまねごとをしていたのは、与吉とかいう番頭だ。

「あやつらめ、どうやって懲らしめてやろうか」

市之進が口惜しげにつぶやき、橋脚のほうへ遠ざかる巨船の尻を睨みつける。

と、そのとき。

信じがたい光景が、目のまえにひろがった。

——どどおん。

大橋を揺るがす大音響とともに、海老屋の九間一丸が粉微塵《みじん》になったのだ。

「うえっ」

志乃は仰天《ぎょうてん》し、腰を抜かしてしまった。

幸恵は咄嗟に身を寄せ、鐵太郎の頭を抱えこむ。

「船端に摑まれ」

船頭が叫んだ。
つぎの瞬間、大波が頭上から襲いかかってくる。
「うわああ」
どどどと、大量の水が落ちてきた。
市之進と串部は、必死に船の揺れを押さえにかかる。
第一波をやりすごすと、すぐさま、第二波がやってきた。
もんどりうつ高波をやりすごし、どうにか落ちつきを取りもどす。
川面をみやれば、無数の木《こ》っ端《ぱ》が広い範囲にわたって漂っていた。
巻き添えを食い、何艘かの小舟がひっくり返っている。
「……お、お助けを」
溺れかけた人々が、救いを求めていた。
鐵太郎は、紫の唇もとを震わせている。
無理もあるまい。
凄惨《せいさん》な光景を目にしたのだ。
海老屋惣次は、爆殺《ばくさつ》された。
これ以上の悪夢はあるまい。

鐡太郎が船端に摑まり、げえげえやりはじめる。

川面に目をやれば、手の届くところに、四肢《しし》を失った頭陀袋《ずだぶくろ》のような屍骸《むくろ》が、ぷかぷか浮かんでいた。

十四

十七、十八の二日にわたって浅草寺《せんそうじ》で催された三社祭《さんじゃまつり》も終わると、江戸はすっかり春めいた陽気になり、ときおり頰を濡らす霧雨さえも、親しい友との別れにこぼす涙のような暖かみのあるものに感じられた。
海老屋が爆殺されたことと夜光貝に関わる疑惑は、けっして無縁ではない。

すでに、公儀目付は探索の手を伸ばしていた。

何者かが悪事の隠蔽《いんぺい》をはかるべく、海老屋を亡き者にした公算は大きい。

それにしても、あれだけの巨船を丸ごと爆破してしまうとは、大胆きわまりない手口だ。

海老屋ひとりのために、関わりのない者たちまで犠牲になった。

それをおもうと、裏で謀事《はかりごと》をめぐらす悪党どもへの怒りが増していく。

蔵人介は目を擦《こす》った。

宿直明けで眠いのだ。

春だからかもしれない。

今日こそは、昼餉のまえに据《す》え風呂に浸かろう。

蔵人介はそうおもい、串部をさきに走らせていた。

心配性の従者には「くれぐれも鈴振り谷はお避けくだされ」と念押しされたが、最初《はな》から聞く気はない。

一刻も早く家に着きたい一心で、麴町の大路から火除地《ひよけち》のさきを右に折れる。

朝から降りつづく雨のせいで、坂道は泥だらけになっていた。

やはり、串部の言うとおりにすればよかった。

顔をしかめつつ、昼なお暗い谷底へ踏みこむ。

鈴振り谷だ。

——旦那、酒手をはずんでいただけりゃ、唐天竺までもめえりやすぜ。

駕籠かきに化けた小悪党の声が、耳に蘇《よみがえ》ってくる。

顔は忘れてしまったが、懐《なつ》かしい気もした。

声が掛かるのをどこかで期待しながら歩いていくと、例の駕籠図を拾った坂道の途中までやってきた。

しんとして、雨音すら聞こえてこない。

坂の上から、跫音がひとつ迫ってくる。

人影がゆっくり近づき、足を止めた。

殺気とともに、血腥《ちなまぐさ》さが鼻をつく。

「鬼役め、また会ったな」

声の主は腕を振り、何かを抛った。

大きな藻玉《もだま》のようなものが、坂道を転がってくる。

「うっ」

生首だ。

小悪党の首と気づくや、名状しがたい怒りに衝《つ》きあげられた。

「そやつが見届け人だ。矢背蔵人介、おぬしとは決着をつけねばなるまい」

暗がりから抜けだした刺客の頭髪は、雪をかぶったように白い。

蔵人介は、凜とした声を投げかけた。

「聖沢又左衛門、なにゆえ、おぬしは死に急ぐ」

「ほほう、勝つ気でおるのか。めでたいやつめ」

「おぬしの雇い主は死んだ。そうではないのか」

「ようわかったな。たしかに、わしは海老屋に金で雇われた」

「一関藩の元馬廻り役を斬り、奥医師も斬ったのだな」

「ああ、斬った。されど、あやつらが誰かは知らぬ。的に掛ける相手の素姓など、知るだけ無駄というものだ」

「海老屋に斬る理由を聞かなんだのか」

「聞いてどうする。刃が鈍るだけであろうが」

「なるほど。それが刺客の心構えというわけか」

「んなことは、どうでもよい。海老屋に頼まれた。おぬしもあの世へおくってほしいとな」

「されど、雇い主は死んだ。約定《やくじょう》を果たす義理はなかろう」

「いいや、前金を貰ってある」

「律儀《りちぎ》だな」

「最低の礼儀さ」

「相手が悪党でもか」

「頼む相手の素姓も、どうだっていい」

冷たく言いはなつ聖沢にむかって、蔵人介は声を荒らげた。

「たとい、不正義な依頼でも、金さえ貰えば請けおうのか」

「ふん、青臭いことを抜かすな。何が正義か不正義か、おぬしにわかるのか。物事は見方によって変わる。みる者によっては、正義が不正義にもみえようし、その逆もあり得る。ゆえに、わしは余計な詮索をしない。ただ、的に引導を渡すのみ。ちなみに、おぬしの首は五十両だ」

「たった五十両か。安く見積もられたものよ」

「人の値打ちなど、一文にも満たぬ。値がついただけでも、ありがたいとおもえ」

「ひとつ、教えてくれ。なぜ、刺客に堕ちたのだ」

「さあて。刺客稼業が似つかわしいからかもしれぬ」

自嘲《じちょう》する聖沢に、蔵人介は真顔で問うた。

「おぬしが死んだら、残された妻子はどうなる」

「安心いたせ。わしが死ねば、生きてはおらぬ。自害して果てるよう、従前《じゅうぜん》に申しつけてあるわ」

「無残な」

「もはや、この世に未練はない。惨《みじ》めな暮らしのなかにも小さな楽しみをみつけ、ここまで必死に生きてきた。それだけでも、よしとすべきであろう」

「不憫《ふびん》だな」

蔵人介は懐中に手を入れ、薄葉の絵図を取りだしてみせた。

「これが何かわかるか。田村小路の西端に朱を入れた駕籠図だ」

「ほう、おぬしが拾ったのか」

「と、言うと」

「わざと捨てたのさ。ふふ、おぬしのような相手にみつけてほしくてな」

「何だと」

「わしらふたりを出遭わせたのは、天の意志かもしれぬ」

この男、死にたがっているのだろうか、と蔵人介は疑った。

聖沢は、じりっと爪先《つまさき》で躙りよる。

「さあ、喋りは仕舞いだ。そろりと、まいろうか」

ふたたび、殺気が膨らんだ。

居合同士の勝負は、一瞬できまる。

「わかっているとおもうが、さきに抜いたほうが負けだ」

勝ちを確信したように、聖沢は笑う。

もはや、問うこともない。

蔵人介は、撞木足《しゆもくあし》で身構えた。

「ぬわああ」

聖沢が雄叫びをあげ、坂を駆けおりてくる。

坂の上に位置取った狙いは、あきらかだ。

上から強襲すれば、下の者は恐怖を感じ、刀をより早く抜こうとする。

勢いを得た聖沢の刃は一寸先に伸び、そのぶん勝機も増える。

決め技は、奥義《おうぎ》の波切りだ。

「へやっ」

鬼の形相《ぎようそう》が目睫《もくしよう》に迫った。

それでも、ふたりは刀を抜かない。

聖沢は駆けおりる勢いのまま、蔵人介の左脇を擦りぬける。

「うしゃ」

「ぬはっ」

擦れちがいざま、二本の白刃が閃いた。

どちらが早いとも言えず、同時にしかみえない。

聖沢は五、六歩坂を駆けおり、踏みとどまった。

蔵人介はがっくり片膝をつき、下腹を手で触れる。

黒羽織も棒縞の中着《なかぎ》も裂け、腹に血が滲《にじ》んでいた。

傷は浅い。

逆《さか》しまに、肉を剔《えぐ》った感触はある。

蔵人介は痛みを怺《こら》え、振りむいた。

聖沢も、首だけをこちらに捻っている。

「ぐはっ」

血を吐いた。

ぱっくり裂けた脇腹から、鮮血が噴きだす。

「……あ、あっぱれ……か、感謝いたす」

割れた声で洩らし、聖沢は白目を剝いた。

海老反りになって雨天を見上げ、そのまま仰向《あおむ》けに倒れるや、坂道をどこまでも転げおちていく。

「莫迦め」

やはり、死にたがっていたのだ。

気持ちの保ちようが、生死を分けた。
斬られた傷口よりも、胸のほうが痛む。
聖沢が死ねば、遺《のこ》された妻子も後を追うのだ。
蔵人介は、三人ぶんの業を背負ってしまった。
鈴振り谷からつづく坂道の勾配が、いつもよりきつく感じられる。
足は鉛を履《は》いたように重く、行く手には霧がかかったようだ。
聖沢又左衛門は死に、海老屋惣次も死んだ。
黒幕に繋がる道は閉ざされ、これよりさきは闇のなかを手探りで進むしかない。
蔵人介は、いささか疲れを感じていた。

夜光る貝

一

人の手首をくわえて歩く痩せ犬をみた。

高田馬場《たかだのばば》に近い姿見橋《すがたみばし》から南蔵院《なんぞういん》の砂利場《じゃりば》に出たあたりだ。

痩せ犬は急ぐ様子もみせずに宿坂《しゅくざか》をのぼり、清戸道を横切って鬼子母神《きしもじん》のある雑司ヶ谷へ向かう。

蔵人介は息を切らしながらも、犬のあとを追った。

樹林に覆われた鷹場《たかば》のほうから、雑木を伐《き》る音が聞こえてくる。

江戸の道々に卯《う》の花が咲くころ、新たに感応寺を建立する鼠山の造成は始まった。

――無用の長物《ちょうぶつ》。

と、世間では言う。

天台宗の末寺として手の内におこうとする東叡山の僧侶たちは、谷中感応寺の復興を頑として認めず、それならば別のところへ新しい感応寺を建ててしまえということになった。

谷中にある感応寺は護国山《ごこくざん》天王寺と改称し、長耀山《ちょうようざん》感応寺の名称は新しい寺に与えることもきまっている。

公方家斉は飢饉《ききん》で困窮する世情も顧みず、鶴の一声を発したのだ。

――好きにせい。

普請苦役《ふしんくえき》は外様《とざま》に割りふられ、伽藍《がらん》や塔頭《たっちゅう》などの造営費用は勧進《かんじん》と名を変えた諸藩の拠出によって賄《まかな》われる。造営に関わる商人や人足たちに支払われるのは、良質の小判を溶かして鋳造しなおした悪貨だ。それが米価や諸色の高騰を招き、市《し》井《せい》の人々は悲鳴をあげている。

壮大な無駄遣いを、蔵人介は遊山《ゆさん》気分で眺めにきた。

その道中、気色の悪いものをみつけてしまったのだ。

痩せ犬はときおり足を止め、誘うように振りむいた。

「あの手首」

土饅頭《どまんじゆう》を掘りおこして、食いちぎったものであろう。

蔵人介は憑《つ》かれたように、痩せ犬の尻を追いかけた。

田圃の畦道を歩き、鬼子母神の杜を横目にしながら、たどりついたところは、うらぶれた裏長屋だった。

鬼子母神にちなんだものか、朽ちかけた木戸脇には石榴《ざくろ》の木が植わっている。

灰色にくすむ長屋からは、汚物をばらまいたような臭気がただよってきた。

蔵人介は木戸を通りぬけ、どぶ板を踏みしめる。

痩せ犬はどこかに消え、繿褸布《ぼろぬの》を纏った洟垂《はなた》れどもがまとわりついてくる。

「おっちゃん、飯をくれ。腹が減ってたまんねえ」

年嵩《としかさ》の子が手を差しだすや、後ろから忍びよった幼子《おさなご》が袖口に手を入れた。

「小童《こわっぱ》め」

小枝のような手首をひねりあげても、幼子は悲鳴ひとつあげず、恨みの籠《こ》もった目で睨みつける。

「うっ」

何だその目は。

蔵人介はおもわず、手を放した。

気づいてみれば、大勢の子どもたちが二重三重に囲んでいる。

みんな同じ、飢えた野良犬の目をしていた。

「旦那、芥溜《あくた》めに何か用かい」

輪の外から、荒《すさ》んだ女の声がする。

化粧っ気のない貝髷《ばいまげ》の女が立っていた。

齢は二十二、三か。

垢じみた花柄の一重を纏い、懐手で虚勢《きょせい》を張っている。

どうやら、子どもたちを束ねている女らしい。

「あたしが、その子らを食わしてんのさ。どうやってって、きまってんだろう。他人《ひと》さまのものを盗むんだよ。あんた、まさか、不浄役人じゃなかろうね。そうはみえないけど」

「犬の尻を追ってきた」

「何だい、そりゃ」

「人の手首をくわえた痩せ犬が、この長屋に迷いこんだ」

「そんな犬なら、いくらでもいるよ。あたしだって、ほら」

女は袖口から、すっと左手を抜いた。

「あっ」

手首からさきが無い。

「三年前、辻で声を掛けた侍に落とされたのさ。ちょいと、袖を引いただけなのにね。おかげで身を売ることもできなくなり、この芥溜めみたいなざくろ長屋で暮らすしかなくなった。哀れだとおもうんなら、紙入れのひとつも置いていきな」

蔵人介は顔をしかめ、子どもたちの輪から逃れでた。

力無い足取りで木戸へ向かうと、女がけたたましく笑う。

「ふひゃひゃ、行っちまうのかい。あたしの名はさと。故郷は捨てたが、名は捨てられぬ。この世への未練も捨てきれぬ。生きていたって、良いことなんぞないのにね。旦那、教えとくれ。どうやったら、この泥沼から抜けだせるんだい」

蔵人介は返答に窮した。

不幸のどん底で生きる女にたいして、まともにこたえられようはずもない。

「ふん、役立たずのさんぴんめ、早いとこ消えちまいな。二度と面をみせるんじゃないよ」

莫迦にされても、言い返す気力すら湧《わ》いてこなかった。

蒼白《そうはく》な顔で長屋から逃げだし、朽ちかけた木戸の隙間に紙入れを挟む。

日の沈みかけた周囲をみわたしても、人の手首をくわえた犬のすがたはない。千振《せんぶり》の根を噛んだような苦い気分だ。

「くそっ」

富める者だけが富み、貧しい者たちは糞溜《くそ》めに追いやられる。いったい、誰がこんな世の中にしたのだ。

喩《たと》えようのない怒りが、腹の底から衝きあげてきた。

「ぬおおお」

蔵人介は吼《ほ》えた。

怒りは怒りを呼び、殺気走った人の群れが近づいてくる。

襤褸を纏った荒くれどもだ。三十人は超えていよう。

いずれも、突棒《つくぼう》や刺叉《さすまた》や袖搦《そでがら》みといった捕り方の三つ道具を携え、先頭に立つ巨漢などは大きな杵《きね》を担いでいる。

蔵人介を一瞥《いちべつ》しただけで通りすぎ、一団はざくろ長屋に向かった。

「うおっ」

巨漢が杵《きね》を振りあげ、木戸を支える柱に叩きつける。

ひとたまりもない。木戸は音を起てて崩れおちた。

濛々《もうもう》と舞う塵芥《じんかい》の狭間から、子どもたちの悲鳴が聞こえてくる。

「やれい、ぶちこわせ」

首領格の合図で、荒くれどもが雄叫びをあげた。

「ふおおお」

長屋の柱や軒が突きくずされ、粉々にぶちこわされていく。

男たちは興奮の余り、奇声を発した。

呵々《かか》と嗤いながら、得物《えもの》を振りまわす者もいる。

「やめて、やめて」

おさとが半狂乱の態《てい》で走りまわり、男たちに縋《すが》りついた。

そのたびに払いのけられ、足蹴《あしげ》にされてもなお、縋りつく。

仕舞いには、野卑《やひ》な男に組みしかれ、着物を剝ぎとられた。

「きゃあああ」

絹を裂くような悲鳴も、喧噪《けんそう》に吸いこまれていく。

蔵人介は立ちもどり、塵芥のただなかへ踏みこんだ。

おさとに馬乗りになった男の背中を蹴倒し、刃向かう者には当て身を食らわせる。

杵を振りまわす巨漢に組みつき、首投げの要領で地べたに叩きつけた。

気勢を殺《そ》がれ、荒くれどもはわれに返る。

「誰だ、おめえは」

猪首《いくび》の首領格が怒鳴りあげた。

頬と顎に髭をたくわえており、風貌は国境の峠で旅人を襲う山賊《やまがつ》のようだ。

「おぬしが山賊の親分か」

「おいおい、ここは箱根《はこね》の山じゃねえぞ」

ぬひゃひゃと、ほかの連中が笑った。

「おれは、花巻岩兵衛《はなまきいわべえ》だ。金になるんなら、何だってやる。人足《にんそく》仲間のあいだじゃ、ちったあ名の知られた男さ。てめえ、おれたちの邪魔をする気か」

「ああ、そのとおりだ。ここは寄る辺《よるべ》なき子どもたちの住む長屋。こんなことをして、情けないとはおもわぬのか」

「おめえはいってえ、何様だ。へへ、わかったぞ。そこに転がってる薄汚ねえ女の情夫《いろ》だな」

「莫迦を言うな。ただの通りすがりにすぎぬわ」

「にへへ、とんだお節介《せっかい》焼きがいたもんだ。それなら、首を突っこまねえほうがいい。おめえのやってることはな、ご公儀に盾突くのと同じなんだぜ。おれたちは、長屋を壊してなんぼで雇われた。雇い主は、天下のお作事奉行さまだ。新しい寺を建てるってんで、五丁四方の薄汚ねえ貧乏長屋は一棟残らず潰せとのお達しなのさ。草木一本生えてねえ更地《さらち》にして、御本尊《ごほんぞん》をお迎えしなくちゃならねえ。だからよ、相手が女子どもでも容赦はできねえんだ。やらなきゃ、こっちが食いっぱぐれる」

「長口上《ながこうじょう》は、それで終わりか」

「ちっ、まだわからねえのか」

岩兵衛は頬を引きつらせ、のっそり近づいてくる。

腰には段平《だんびら》を差しており、立鼓《りゅうご》の柄に右手を添えていた。

「こいつはな、ただの段平じゃねえ。馬の胴を叩っ斬る斬馬刀《ざんばとう》だあ。尻尾を巻いて逃げるんなら、今のうちだぜ。さもなきゃ、あの世逝きさ」

岩兵衛は足を止め、ずらっと斬馬刀を抜きはなつ。

なるほど、刃長で優に三尺は超える彎刀《わんとう》だった。

おさとや子らは固唾《かたず》を呑み、荒くれどもは笑っている。

「ぬふふ、素首《そっくび》を刎《は》ねてやらあ。ぬりょ……っ」

岩兵衛は切っ先で尻を掻くほど彎刀を振りかぶり、大上段から振りおろしてくる。

——きいん。

激しく火花が散った。

「えっ」

岩兵衛は目を白黒させる。

両手で握った斬馬刀が、根元からまっぷたつに断たれていた。

「見掛け倒しめ」

蔵人介は何食わぬ顔で言い、抜いた白刃を鞘に納める。

あまりの捷《はや》さに、目がついていかない。

抜刀の瞬間を見定めた者はおらず、みな、ぽかんと口を開けていた。

「ぬひぇっ」

岩兵衛が腰を抜かす。

蔵人介は身を寄せ、どんと胸を蹴りつけてやった。

「女子どもを泣かすやつは、犬の糞と同じだ。浚《さら》ってどぶに捨てたところで、誰からも文句は言われまい」

しゅっと白刃を抜き、岩兵衛の鼻面にくっつけた。

「……ご、後生《ごしょう》だ。命だけは」

命乞いをする小悪党に、同情する気はさらさらない。

しかし、金で雇われた連中を刀の錆《さび》にしたところで、何ひとつ物事が解決しないのもわかっている。

「神仏に誓え。ざくろ長屋には二度と近づかぬとな」

「……わ、わかった。旦那の言うとおりにする」

「誓いを破ったら、おぬしを斬る。逃げても無駄だぞ。地獄の果てまで追いつめてやるからな」

「……や、約束する」

蔵人介は表情も変えず、見事な手さばきで納刀した。

岩兵衛は這《は》いつくばり、土塊《つちくれ》を飛ばしながら逃げだす。

寄せあつめの連中も後にしたがい、長屋に静寂が訪れた。

「それで、助けたつもりかい」

おさとが、詰《なじ》るように吐きすてる。

子どもたちも、鬼でもみるような目でみつめた。

ごくりと、蔵人介は空唾《からつば》を呑んだ。

なるほど、わしは城勤めの鬼役にすぎぬ。

御政道に抗《あらが》えば、即座に首を刎ねられる身だ。

おさとの言いたいことは、手に取るようにわかった。

今日は救うことができても、とことん長屋の面倒をみてやる覚悟はない。所詮《しょせん》は、通りすがりの気まぐれで助けてやっただけのはなしだ。

「あいつをみな」

おさとは、顎をしゃくる。

しゃくったさきには、黒羽織を纏った初老の不浄役人が立っていた。

「あいつは原田甚八《はらだじんぱち》。南町奉行所の臨時廻りでね、壁蝨《だに》みたいなやつだけど、ちょいとした仕事をまわしてくれる。もちろん、小銭を稼ぐためさ。食うためなら、何だってやらなくちゃならない。壁蝨に上前《うわまえ》をはねられても、野垂れ死にするよりはましだろう」

原田は蔵人介の顔をじっとみつめ、表情も変えずに背を向けた。

崩れかけた建物の裏手には、土饅頭がいくつも並んでいる。肋骨《あばらぼね》の浮きでた野良犬どもが、前足で土をほじくっていた。

おさとが、ぽつんとこぼす。

「あれはね、行き倒れになった連中だよ。なかには、この子らのおっかさんもいる」

ねっ」

「驚いたかい。ざくろ長屋の噂をどこかで聞いて、子を預けにきたはいいが、力尽きて野垂れ死んだのさ。あたしゃ墓守《はかもり》じゃないけど、もっと深く穴を掘ってやりゃよかったって、後悔しているよ。あれじゃ、小塚原《こづかっぱら》に捨てられた罪人も同じだからね」

昼夜の別なく、飢えた犬どもが土を掘り返しにくる。

「最初は棒で追っぱらってたけど、そんな気力も失《う》せちまった。ああして、掘りだされた屍骸は犬に食いちぎられる。悲惨なはなしさ。でも、子をおもう母親の魂は永遠に消えないってね、子どもたちには言い聞かせるしかないんだよ。ここから離れたくても、ほかに行くところもないしね」

おさとは子どもたちと肩寄せあい、瀬戸際のところで生きながらえている。

ざくろ長屋を潰そうとする者があれば、からだを張って阻《はば》んでやりたかった。

「できるのかい、あんたに」

水を向けられても、黙って背を向けるしかない。

蔵人介は肩を落とし、とぼとぼ歩きはじめた。

二

夕餉の毒味で相番になったのは、新参者《しんざんもの》の鬼役だった。

「八木沼蓮次郎《やぎぬまれんじろう》と申します」

潑剌《はつらつ》とした物言いは爽やかで、取り柄《とえ》は「一所懸命なところでござる」とへりくだってみせる。

ただ、何かと喋りかけてくるので、少しばかり鬱陶しい。

「お噂はかねがね、お伺いしております。鬼役ひと筋二十余年、それだけの年数をかさねてこられただけでも、まさに驚嘆もの。失礼ながら、なまなかのお覚悟ではございますまい」

「なあに、たいした覚悟はいらぬ。初手《しょて》は首を抱いて帰宅するつもりであったが、馴れれば何のことはない。刀や筆が箸に替わっただけのこと」

知らずに胸を張っていた。

「ご謙遜《けんそん》なされますな。矢背さまが笹之間におられるかぎり、上様も枕を高《たこ》うしてお休みになられましょう」

「ん」

蔵人介は眉をひそめる。

「ひとつ忠告しておく。上様を愚弄《ぐろう》するような物言いは慎んだほうがよい」

「とあるお方が『枕を高うして』と囁かれましてな。そのお方は、矢背さまに一目置いておられます」

「さような御仁がおるなら、顔をみてみたいものだ」

「長谷部新之丞《はせべしんのじょう》さまにござりますよ」

「奥御右筆の長谷部さまか」

「いかにも。御家人出のそれがしめを、鬼役にご推挙《すいきょ》いただきました」

「はて」

長谷部の顔が浮かんでこない。

同じ中奥のさほど遠くない部屋に控える者同士なのに、めったに顔を合わせる機会はなかった。

奥御右筆の役料は御膳奉行と同じ二百俵、けっして高禄の役目ではない。ただし、政事を円滑にすすめるために、いつも公方のそばに控えてあらゆる段取りをおこなう。法度の詳細や沙汰の前例をことごとく諳《そら》んじていなければならず、公方の目や耳となり、ときには口の役割をも果たす。

数多《あまた》の訴えについて、決裁の順番を随意に決められる立場にもあり、老中や若年寄よりも公方と接する機会は多い。そのことを誰もが承知しているので、いたるところから便宜《べんぎ》をはかってもらうべく、甘い誘いがあった。

その気になれば、賄賂をしこたま貯め、贅沢《ぜいたく》な暮らしもできる。

ゆえに、奥御右筆は不正腐敗の吹きだまりとの悪評すら聞こえてきた。

あまり悪評の立たない長谷部新之丞も、けっして例外ではない。雑司ヶ谷感応寺の造営にあたって、金色堂の建立をおこなわぬよう、老中首座の水野出羽守に訴えた。その見返りとして、一関藩から多額の賄賂を貰ったとの噂もある。

金色堂の建立を阻まれた恨みから、出羽守は毒を盛られたのかもしれないと、橘右近は告げた。事実ならば、長谷部もまた、得体の知れない相手に毒を盛られるか、刺客を差しむけられる公算は大きい。

八木沼は笑う。

「長谷部さまは役者顔負けの面立《おもだ》ちをなさっておられますが、じつは心形刀流《しんぎょうとうりゅう》の免許皆伝。御徒町《おかちまち》の伊庭《いば》道場で打ちのめされるのが、拙者の役目にござりました」

「ほう、長谷部さまがな」

「ときに、雑司ヶ谷の鼠山へはおはこびになられたか」

「ん、なぜ」

「拙者は長谷部さまに誘われ、いくどか足をはこびました。雑木を伐採《ばっさい》しておるさなかで、じつに殺伐とした風景でござった。正直、あの寺の造営が御政道に益をもたらすとはおもえませせぬ」

「おい、よさぬか」

「いいえ、言わせてくだされ。寺を造営する金があるなら、寺社境内や広小路にお救い小屋を増やしたり、やるべきことはいくらでもあるはずだ。そもそも、困窮する衆生《しゅじょう》を救うのが仏の役割にござりましょう。されど、感応寺の造営は阿漕な材木問屋と賄賂で肥《ふと》った役人どもを潤すだけだ。御政道は何ひとつ、衆生の役に立っていない。ああした理不尽は、断じて許せませせぬ」

「よさぬか、滅多《めった》なことを口にするものでない」

と言いつつも、八木沼の憤りはよくわかる。

千代田城に巣くう連中は上から下まで、困窮する衆生に関心などしめそうとしない。幕閣の面々は公方の顔色を窺い、無策を貫くことで保身をはかっている。公金の着服や横領が平気でまかりとおり、浅ましい御殿女中《ごてんじょちゅう》たちはせっせと蓄財に励んでいた。小役人どもは無気力な穀盗人《ごくぬすっと》と化し、町を守るべき不浄役人たちは悪党の手先となって弱者をいじめている。

八木沼のことを「青臭い」と詰《なじ》ることはできない。

「ご存じでしょうか。造営予定地から五丁四方の棟割《むねわり》長屋はことごとく壊し、更地にせよとのお達しが、公儀よりござりました。理不尽なお達しにもかかわらず、寺社奉行の土屋相模守《つちやさがみのかみ》さまは唯々諾々《いいだくだく》としたがっておられます」

管轄の寺社奉行は、どうやら、脇坂中務大輔安董から土屋相模守彦直《よしなお》に代わったらしい。相模守は齢三十七、水戸《みと》藩から土浦《つちうら》藩九万五千石の養子となり、第九代藩主となった殿様だ。

寺社奉行はぜんぶで四人おり、間部下総守詮勝《まなべしもうさのかみあきかつ》と井上河内守正春《いのうえかわちのかみまさはる》は三十前後とまだ若い。四人のなかでは、長老ともいうべき脇坂中務大輔が人気と実力で群を抜いていた。

「公明正大な脇坂中務大輔さまであれば、感応寺の造営を阻んでおられたにちがいないと、長谷部さまは嘆いておられました」

橘によれば、東叡山側へ「格別の思し召しにより感応寺を復興せよ」との通達を告げたのは脇坂であり、閣議に諮《はか》って鼠山への新寺造営をきめさせたのも、脇坂であった。一部重臣や大奥の声に抗しきれず、上から命じられるがままに行動するしかなかった。

とどのつまり、公方家斉に諫言《かんげん》できる忠臣がいないのだ。

脇坂中務大輔にしても、家斉に気に入られて引きあげてもらっただけに遠慮がある。

さすがに喋りすぎたとおもったのか、八木沼は黙りこんだ。

暮れ六つまでは半刻足らず、もうすぐ毒味の刻限になる。

「失礼つかまつります」

襖障子が音もなく開き、小納戸役の手で公方の御膳がはこばれてきた。

八木沼が膝を乗りだす。

「矢背さま、是非、拙者に毒味役を」

「できるのか」

「この日のために、修業をかさねてまいりました」

「されば、まかせよう」

八木沼は眸子を瞑《つむ》った。

しわぶきひとつ、聞こえない。

毒味の所作は居合に通じると偉そうに吐いたのは、豚のごとく肥えた桜木兵庫であったか。

八木沼はおそらく、剣術におぼえがあるのだろう。

見事な集中力だ。

かっと、眸子を開く。

作法どおり、鼻と口を懐紙で隠し、自前の竹箸を動かしはじめた。

汁の椀に手を伸ばし、ずるっとひと口啜る。

汁は呑まず、後ろの痰壺に吐いた。

ことりと椀を置き、平目の刺身に取りかかる。

敷かれた桜葉も手に取って舌で舐め、平皿の端に盛られた山葵《わさび》もぺろっと舐めた。

それでも、顔色ひとつ変えず、瞬きもしない。

ほほう、なかなかのものだ。

一の膳の様子次第では、替わってやろうとおもっていた。

が、その必要もないほど、八木沼の所作は堂に入《い》っている。

蔵人介からすれば拙《つたな》いところは見受けられたが、ほかの鬼役よりは信頼できる。

ともかく、ひたむきさが気に入った。

しばらくして、二の膳がはこばれてきた。

紋日《もんび》ではないので、鯛の尾頭付きはない。

それでも、鱚の塩焼きと付け焼きはある。

二の膳の汁は鯉こく、皿に載った鮎《あゆ》の背ごしには白髪《しらが》白瓜が添えてあった。背ごしとは、頭とわたを除いたものを輪切りにし、酢に漬けたものだ。さらに、煮物は青鷺と塩雁《しおがん》、車海老《くるまえび》に筍《たけのこ》、花鰹《はながつお》をまぶした鞘豆《さやまめ》など。猪口は海鼠《なまこ》と大根、塩辛に雲丹、壺のからすみや殻を剥いた川海老の赤味噌和え、鮑《あわび》の黒胡椒和《くろこしょうあ》えなども見受けられる。

それらの毒味を手際よくこなし、八木沼は真新しい竹箸を取った。

七宝焼《しっぽうや》きの平皿には、鱚の塩焼きと付け焼きが載っている。

いよいよ、鬼門の骨取りだ。

八木沼は緊張の面持ちで箸先を使い、身のかたちを保ったまま上手に背骨を抜き、小骨を丹念に除きながら適度に身をほぐす。

新参者の口から、安堵の溜息が洩れた。

「ふう」

終わったのだ。

「待て」

蔵人介は、御膳を受けとった配膳係を呼びとめる。

立て膝になり、右手に握った箸を平皿に伸ばし、小骨を一本抜きとった。

八木沼の賢《さか》しげな額に、じわりと汗が滲む。

「教訓その一、小骨ひとつが命取り」

にやりと、蔵人介は微笑んだ。

八木沼は、胸を撫でおろす。

「肝に銘じておきまする」

深々と頭をさげ、肩で息をしはじめた。

そうはみえなかったが、よほど緊張していたのだろう。

手間は掛かったが、ともかくも、毒味御用はとどこおりなく終わった。

おもいがけず、骨のある後継者を得たような気がして、蔵人介は久方ぶりに心地《ここち》良さを感じていた。

三

海老屋のあったところは更地になり、暮れなずむ町にそこだけが仄白《ほのじろ》く浮かんでみえる。

蔵人介は役目帰りに寄り道をして、銀座までやってきた。

従者の串部六郎太はいない。

毎日のように、ざくろ長屋の様子をみにいかせていた。

一昨日の灌仏会《かんぶつえ》に飾った花なのか、道端には萎《しお》れた芍薬《しゃくやく》や杜若《かきつばた》が捨てられている。

「狭かったのだな」

海老屋の店は大きく感じられたが、ひしゃげて細長い土地はずいぶん狭い。

手前に札が立っている。

――海老屋惣次、奢侈《しゃし》の禁を破り重罪。

重罪どころか、海老屋は何者かに爆殺された。

下手人は捕まらず、探索すらなされていない。

た。

「虚《むな》しいな」

海老屋惣次は聖沢又左衛門を刺客に雇い、一関藩の元藩士と奥医師を闇討ちさせた。

ふたつの殺しは、どう関わっているのか。真相を突きとめるべく、さまざまに動いてはみたものの、海老屋からさきの繋がりは途絶え、行く手には深い闇が口を開けているだけだ。

あきらめきれずに、こうして、海老屋の跡地へ何度も訪れている。

——うおおん。

野良犬の遠吠えが聞こえた。

顔をあげると、更地を挟んだ向こうに、袖頭巾の女が立っている。

「あっ」

殺された有壁大悟の妹、古耶ではないか。

まちがいあるまい。

田村小路で見掛けた妖しげな立ちすがたは、目に焼きついている。

螺鈿細工の帯留めも文筥から出し、願掛けのお守りとして肌身離さず携えていた。

この機を逃してなるものか。

気配を察してか、古耶らしき女は背を向けた。

そして、辻に待たせておいた駕籠に乗りこむ。

「どこへ行く」

裾を捲《めく》りあげ、辻駕籠を追いかけた。

古耶については、串部が調べをつづけている。

鎌倉の英勝寺へも足を延ばし、新たなはなしも仕入れてきた。

古耶は「円喜《えんき》」と号し、尼寺では離室《はなれ》をあてがわれるなど、貴人の扱いを受けているようだった。主家菩提寺《ぼだいじ》への墓参などに託《かこつ》けては江戸へ足をはこび、身分を隠して芝湊町《しばみなとちょう》の船宿などに出入りしていたことも確かめている。

兄の有壁大悟と逢っていたのかもしれない、と串部は言った。

もちろん、邂逅《かいこう》を懐かしむために逢っていたのではあるまい。

いったい、何のためだったのか、疑念は深まるばかりだ。

ともあれ、この機を逃す手はなかった。

辻駕籠は新橋を渡り、芝日蔭町に向かう。

鼻先には、歯痛封じにご利益のある日比谷稲荷があった。

駕籠は手前の辻を、ひょいと右手にまがる。

田村小路の一関藩中屋敷は、すぐそこだ。
またも、兄が斬られたさきへ向かうのか。
蔵人介は小走りに駆け、辻をまがる。
「おらぬ」
駕籠が消えた。
何者かの殺気を感じる。
痩せた侍が提灯《ちょうちん》も持たず、ひたひたと迫ってきた。
黒い布で、鼻と口を覆っている。
辻斬りか。
「ふおっ」
白刃が躍った。
問答無用で斬りつけてくる。
袈裟懸けだ。
「何の」
抜き際の一刀で弾いた。
――きいん。

散った火花で鬢《びん》を焦がし、返す刀で頭蓋《ずがい》を削《そ》ぎにかかる。

「ぬん」

手もなく弾かれた。

身を離しても、二の腕は強烈に痺《しび》れている。

刺客らしき侍は、刀を大上段に持ちあげた。

高い。

月を串刺しにするほどだ。

つっと、踵《かかと》をあげる。

心形刀流の「鶴足《つるあし》」か。

繙《ひもと》いたことのある伝書の教えが脳裏に閃いた。

――弱しとみて柳を打てば、枝に冠した雪を浴びる。

心形刀流は柳のような柔軟さと強靭《きょうじん》さをあわせもち、必殺技の「柳雪刀《りゅうせつとう》」は二刀流とも言われ、伝書には「初太刀を殺して仕留める」とあったが、文言《もんごん》の意味するところは判然としない。

刺客は右手一本の片手持ちに変え、左手で脇差《わきざし》を抜いた。

やはり、大小二刀を使うようだ。

脇差を青眼《せいがん》に構え、大刀は上段から動かさない。

心形刀流は、突きを死刀《しとう》と忌《い》み嫌《きら》う。

それを信じれば、本気の突きはない。

「ふおっ」

気合一声、脇差で突いてくる。

「ふん」

力任せに、上からかぶせた。

——がつっ。

刃が峰を打つ。

と同時に、相手は脇差を捨てた。

絶妙の呼吸だ。

「うっ」

蔵人介は勢い余って、前のめりになる。

まさしく、相手は初太刀を殺したのだ。

脳天めがけ、片手持ちの大刀が襲ってきた。

「ぬくっ」

双手《もろて》を突きあげ、どうにか、十字に受ける。

――がきっ、がりがり。

そのまま体《たい》ごと預けられ、黒板塀まで押しこまれた。

どんと背中を打ちつけ、息が詰まる。

板の間の稽古なら、ここまでだ。

まいったと、叫べばよい。

が、刺客の白刃は鼻先にある。

ぐいぐいと、押しつけてくる。

凄まじい膂力《りょりょく》で、圧《へ》し斬《ぎ》りにするつもりなのだ。

「やっ」

蔵人介は膝を突きだし、相手の股間を蹴りあげた。

「のわっ」

刺客は馬のように跳ね、すぐさま、体勢を立てなおす。

ゆったりと青眼に構え、低く笑った。

「矢背蔵人介、やはり、ただ者ではないな。どうやら、噂はまことのようだ」

「何だと」

「おもしろき男よ。おぬし、誰の命で動いておる。なぜ、海老屋に近づいた」

問いにはこたえず、蔵人介は逆しまに糾す。

「おぬし、海老屋の飼い犬か」

「んなわけがなかろう」

「されば、海老屋をあの世へおくった下手人か」

「それもちがう。されど、海老屋と敵対する側さ」

「わからぬ。どう敵対するのだ」

「あとで説こう。そのまえに、確かめたいことがある。太刀筋から見当はついたが、元富士見宝蔵番頭の聖沢又左衛門を葬ったのは、貴公か」

黙っていると、男は黒い布を剝ぎとった。

「ふふ、矢背どの、この顔にみおぼえはござらぬか」

「あっ、もしや、奥御右筆の長谷部どの」

「いかにも、長谷部新之丞だ。中奥ではおたがい近くにおりながら、まともに挨拶《あいさつ》すら交わしたことがなかった。近いようで遠い。奇妙な関わりだが、真剣を交えてみれば、馬が合うことはわかった。ひとまず、刀を納めよう」

長谷部は納刀し、人懐こい笑みをかたむけてくる。

「この長谷部新之丞と互角にわたりあうとはな、矢背蔵人介の技倆は本物と言わねばなるまい。拙者が太鼓判を押そう。貴公は、千代田城内でも屈指の剣客にまちがいない」

「長谷部どの、戯れ言にしては念が入ってはござらぬか」

「まあ、怒らんでくれ。貴公にお聞きしたいことがある。ちょっとそこまで、つきあってくれぬか」

長谷部は背をみせ、のんびり歩きはじめた。

今なら、容易に斬ることもできよう。

後ろ傷の汚名を負わせることになるが、自業自得というものだ。

殺るか。

足を止めても、長谷部は振りむこうとしない。

理由はわからぬが、こちらを信頼しているのだ。

蔵人介はためらいつつも、黙って歩きはじめた。

四

海原《うなばら》に十日夜《とおかんや》の月が浮かんでいる。

たどりついたところは、芝湊町の小さな船宿だった。

長谷部は宿に向かわず、裏手にまわって桟橋へ進む。

月明かりに照らされた桟橋には、一艘の屋根船が繋がれていた。

障子越しに灯《ひ》が揺れ、怪しげに誘っている。

長谷部が、足を止めずに言った。

「おぬしに会わせたい御仁がいる」

「誰だ」

「まあ、従《つ》いてきてくれ」

ぎっと、桟橋が軋《きし》んだ。

目付きの鋭い船頭がひとり、気配を殺して船尾にうずくまっている。

ふっと、長谷部は笑った。

「案ずるな。あやつは船頭藤太《とうた》、味方に牙《きば》は剥《む》かぬ」

厄介なところに来てしまったなと、蔵人介はおもった。

船頭藤太が手を伸ばし、障子戸を開ける。

「おっ、来られたか」

白髪の老臣が座っていた。

待ちかねていたように、柔和な笑みを浮かべる。

かたわらで酌をする女を見定め、蔵人介はぎくりとした。

「……お、おぬしは」

「古耶さまだ」

と、長谷部が代わりにこたえる。

剃髪しておらず、豊かな黒髪を勝山髷《かつやままげ》に結っているものの、古耶にまちがいない。

「海老屋の跡地から、辻駕籠を尾《つ》けたであろう。ふふ、どうした。狐につままれたような顔ではないか。黒髪に驚いておるのか。なるほど、古耶さまは出家なされたが、あくまでも、それは表向きのはなしよ」

「何だと」

気色《けしき》ばむ蔵人介に向かって、老臣が躙りよってくる。

「まあ、おふたりとも、おあがりなされ」

障子の内に身を入れてみれば、存外に奥行きがあり、四人で対座しても狭さは感じなかった。

老臣がお辞儀をする。

「拙者は一関藩江戸留守居《るすい》役、鳥谷玄蕃《とりたにげんば》と申す。奥御右筆の長谷部さまには、たいへんお世話になっておりましてな。長谷部さまの見込まれた御仁なれば、まず、まちがいはございますまい」

「失礼ながら、長谷部どのに見込まれたおぼえはない」

「まあ、尖《とが》りなさるな。貴殿のことはお聞きしております」

「いったい、何を聞いておるのだ」

「将軍家のお毒味役であられるとか。徒目付の義弟どのは、海老屋を調べておられましたな」

鳥谷と名乗る重臣の双眸《そうぼう》が、鋭い光を放った。

蔵人介は警戒しつつも、胸の高鳴りを禁じ得ない。

なにしろ、一連の出来事の核心を握るであろう人物が目のまえに座っているのだ。

「海老屋には何年もまえから密偵《いぬ》を潜《もぐ》りこませておりました。番頭の与吉でござるよ。貴殿も会っておられるはずじゃ」

与吉の探索もあって、蔵人介たちの動きは筒抜けだったという。

「幕府の徒目付が妙な動きをしていることも、矢背どのが海老屋を訪れて脅しをかけたことも、さらには、螺鈿細工の高価な帯留めを所持しておられることも、すべて存じており申す」

与吉はたしか、主人の惣次とともに花見船に乗っていた。

「さよう、与吉にも妻子はあった。哀れなことをしたと、悔いております。されど、もとより隠密なれば、死は覚悟のうえでのこと。懇《ねんご》ろに弔ってやることしか、こちらにできることはない」

「屍骸の判別もつかぬのに、弔ってやることなどできまい」

「いかにも」

鳥谷はしばし黙りこみ、古耶の酌で酒を一気に呷る。

「ときに、矢背どの。かの帯留めは、どうやって手に入れられたのでござろう」

教えるかどうか迷ったあげく、蔵人介は淡々と喋りだした。

鳥谷も長谷部も経緯を聞きながら、何度もうなずいている。

「なるほど、義弟どのが有壁大悟の屍骸に出会し、掌中にあった帯留めをみつけなさったのか。宿縁かもしれぬな。のう、古耶」

「はい」

古耶は俯《うつむ》き、涙ぐむ。

鳥谷の口調の変化が気になった。

「志なかばで斃《たお》れた兄のことを、おもいださせてしもうたな。役目のうえでのことは申せ、たったひとりの兄を失った悲しみは容易に癒えまい。すまぬ、古耶。このとおりじゃ」

「御前《ごぜん》、おやめください。まだ終わったわけではございませぬ。悲しんでなどいられる暇はないのです。古耶は、兄の死を無駄にしとうはありませぬ」

「ふむ、そうであったな。こうして矢背どのに足労《そくろう》いただいたのも、敵の動かぬ証拠を得んがためじゃ」

敵の動かぬ証拠だと。

みえぬ。目のまえに霧がかかっている。

古耶と「御前」とは、どういう関わりなのだ。

「おそらく、矢背どのもお調べのこととおもう。古耶は、仙台藩第十一代藩主斉義さまの側室じゃった。不思議におもわれるかもしれぬが、そもそも、奥女中《おくじょちゅう》として推挙したのはわしでな、斉義さまは当一関藩の御出自《しゅつじ》ゆえ、取りまきの佞臣どもに邪魔だてされる怖れもなかった。あわよくば藩主の側室となり、親藩の内情を探らせんと企図し、まんまと成功をおさめたのじゃ。されど、喜んだのもつかのま、斉義さまは病床に伏し、三十の若さで身罷《みまか》ってしまわれた。六年前のはなしじゃ。古耶は尼寺へ隠棲《いんせい》すべく強《し》いられ、今にいたっておる」

兄の大悟も妹と同じく密命を帯び、藩を離れていたらしかった。

鳥谷玄蕃によって、有壁兄妹は間者《かんじゃ》としての宿命を負わされたのだ。

「当藩は御公儀より譜代並の扱いを受けているにもかかわらず、仙台藩から長きにわたって従属を強いられてまいった。みずから法令を定めることも禁じられ、領内では十を超える村々を直轄地《ちょっかつ》として召しあげられ、藩のしかるべき役職には仙台藩の老臣どもが天下ってくる」

仙台藩の頸木《くびき》から逃れることは一関藩開藩以来の宿願、そのためには「敵」の内情を詳しく知っておかねばならぬ。

「間者を放つのも、それがためじゃ。ごほごほ、ぐえほっ」

鳥谷は激しく咳を放ち、古耶に背中をさすってもらった。

「折からの凶作つづきで、藩財政は悪化の一途をたどっておる」

できることと言えば、諸経費の節減しかない。一関藩は俸禄《ほうろく》制を採り、四公六民《しこうろくみん》で徴収した米を家臣団に支給してきた。だが、ここ数年の飢饉は深刻で、手取りの半減どころか俸禄制すら維持できず、米の支給を成人ひとりあたり日四合とかぎる面扶持《めんぶち》制を採用せざるを得なくなった。

そうした情勢下にあっても、仙台藩からは苛烈《かれつ》な要求がもたらされた。仙台領内の道普請や城の修繕などに駆りだされ、御公儀から申しつけられた厄介事のツケもまわされてくる。

「仙台藩も台所は火の車じゃ。当藩を供物《くもつ》に捧げ、生きながらえようとしている節すらある。一部の佞臣は私腹《しふく》を肥やすことにかまけ、政事をないがしろにしておるのにな。ことに、勘定《かんじょう》奉行の大條《だいじょう》寺監物《じけんもつ》はひどい」

鳥谷は憎々しげに、佞臣の名を吐いた。

「大條寺はその能力を買われ、実質、仙台藩六十二万五千石の舵《かじ》取りを任されているにもかかわらず、御用商人と結託《けったく》して悪事に手を染め、不正に儲けた金で権力の座をほしいままにしておる」

悪事の動かぬ証拠を摑み、大條寺監物を断罪するとともに、一関藩は仙台藩から真の独立をめざさねばならないと、鳥谷は胸に抱いた信念を吐露《とろ》してみせた。

「そのために、問者たちは命懸けの探索をおこなってきた。そして、有壁大悟は抜け荷の事実を摑んだのじゃ」

「抜け荷」

「さよう。夜光貝の抜け荷じゃ」

「これでござるか」

蔵人介は袖口に手を突っこみ、螺鈿細工の帯留めを取りだした。

鳥谷と古耶の目が光る。

「お持ちになっておられたのか」

「お守り代わりに」

鳥谷は背筋を伸ばし、襟を正す。

「それは、古耶が斉義公から頂戴した宝物じゃ。されど、ただの宝物ではない。細工がほどこしてある。ちと、手に取ってよろしいか」

「どうぞ。そちらにお返し申しあげます」

帯留めは鳥谷の手から、古耶の手に渡された。

白魚《しらうお》のような指が動き、帯留めの突起《とっき》を押す。

蓋らしきものが開き、一枚の紙が畳に落ちた。

鳥谷が拾いあげ、紙をひろげて目を通す。

「『更待亥中《ふけまちいなか》、雀ヶ浦天神崎《すずめがうらてんじんざき》』とあるな」

「御前、それはおそらく、抜け荷の日時と場所にございます」

古耶が身を乗りだす。

「万が一のことをおもい、調べた内容を文に綴《つづ》り、帯留めに隠しておくようにと、わたくしが兄に託したのでございます」

有壁大悟は鳥谷の命を果たす寸前で凶刃に斃れ、たまさか田村小路を通りかかった義弟の市之進が帯留めをみつけてしまった。

「まあ、敵の手に渡らなかっただけでも、よしとせねばなるまい」

と、長谷部がつとめて明るく言った。

「それにしても、雀ヶ浦の天神崎とは、どこのことじゃ」

鳥谷が首を捻ると、古耶は即座に応じた。

「おそらく、六浦《むつうら》湊にございましょう。兄が何度か訪れておりましたから」

「六浦湊か」

保土ヶ谷《ほどがや》から金沢《かねさわ》道を四里ほど南に下った金沢藩の領地で、無理をすれば江戸から二日で往復できる。

黄金にも化ける高価な貝殻が、遠く南の島から抜け荷船ではこばれてくるのだ。

「更待月と申せば、十日後にございますな。まだ充分に間はある」

長谷部はうなずき、こちらに目を向ける。

「矢背どのは非番か」

「え」

「何とかご都合をつけていただき、古耶どのと六浦湊へ向かってもらえぬか。抜け荷の証拠を摑んできてほしい」

「拙者が」

「さよう、貴殿こそが適任だ。腕も立つし、頭も切れる。何よりも、毒味で培《つちか》った太い胆《きも》がある。もっとも一番重要なのは、敵でないということだ」

「長谷部どの、ひとを容易《たやす》く信用なさらぬほうがいい」

「打つ手がないのじゃ」

鳥谷が口を挟んだ。

「抜け荷に手を染めておる御用商人は、江刺屋善太夫《えさしやぜんだゆう》と申す硝石商《しょうせきしょう》でな、勘定奉行の大條寺監物とは蜜月《みつげつ》の間柄じゃ。きゃつらめに、わしらの動きは読まれておる。有壁大悟をわざわざ中屋敷の門前で斬らせたのも、抜け荷の探索をやめさせるべく脅しをかけようとしてやったことじゃ」

なぜ、敵はそのような手のこんだことをするのか。

蔵人介の抱いた疑念に、明確な返答はなされない。

「根は同じ、奥州人じゃからさ」

とだけ、鳥谷はこたえる。

「辛《かろ》うじて敵の網から逃れておるのは、ここにおる古耶と、それから矢背どの、貴殿をおいてほかにはおらぬ。このとおりじゃ。どうか、われらに力を貸してくだされ」

畳に両手までつかれ、蔵人介は面食らった。

そもそも、頼まれる筋合いはない。断ればそれで済むことだが、あっさり断るのも忍びなかった。

悪事をあばいてやりたい気持ちもある。それに、相手は陪臣《またもの》とはいえ、こちらよりも遥かに身分が高いのだ。胸襟を開いてくれた骨のある老臣に手をつかれ、拒むことなどできようはずもない。

蔵人介が渋い顔で承諾《しょうだく》すると、三人から安堵の溜息が洩れた。

「はなしはまとまった。さ、古耶、諸白《もろはく》を注いでおやり」

蔵人介は恥じらいの余り、耳まで紅く染めた。

なにしろ、仙台藩前藩主の側室から酌をしてもらえるのだ。

酒量が増えると、口の動きも滑らかになった。

「一関藩の御留守居役は奥御右筆に依頼し、雑司ヶ谷感応寺に金色堂を建立する企てを阻んでもらった。かような噂を聞きました。それは、まことでござるか」

すかさず、鳥谷がこたえる。

「まことじゃ。のう、長谷部さま」

「さよう。わしは鳥谷どのから金色堂の件を聞き、わが耳を疑った。出所が生臭坊主の日啓と聞き、さもありなんとおもったが、そのような理不尽を許してはおけぬ」

声を震わせる長谷部に微笑み、鳥谷がこちらをまっすぐにみつめた。

「陸奥国はかつて、黄金と良馬を産する地として栄えました。都人《みやこびと》からは貢馬貢《くめく》金《きん》の国と呼ばれ、彼《か》の地の覇権《はけん》をめぐって熾烈《しれつ》な戦いが繰りひろげられた。これを制した藤原清衡公は荒廃した領地を眺め、二度と戦乱の世が訪れぬようにとの願いから、中尊寺に金色堂を建立したのでござる。戦乱つづきで身も心もぼろぼろになった人々の目に、燦爛《さんらん》と輝く極楽浄土《ごくらくじょうど》をみせねばならなかった。けっして、為政《いせい》者《しゃ》が権威を誇るために築かれたものではない。金色堂には、平和を希求《ききゅう》する人々のおもいが込められているのでござる。なるほど、拙者は徳川さまを武家の長と奉じる一関藩の陪臣にすぎぬ。されど、奥州に身を置く者として、金色堂建立の崇高な精神を踏みにじるような行為は断じて許せぬ」

鳥谷は感極《かんきわ》まり、ことばに詰まってしまう。

冷静さを取りもどした長谷部が、はなしをつづけた。

「さっそく、拙者は出羽守さまに訴える手だてを考えた。されど、容易にかなうものではない」

たとい、実務に精通した奥御右筆であっても、老中首座の水野出羽守忠成にたいして直訴《じきそ》はできない。

「密かに、とあるお方に頼んだ」

長谷部は声をひそめる。

「すまぬが、そのお方の名は明かすことができぬ。ただ、ひとつだけ申しておけば、鳥谷どののもわしも、そのお方をおいてほかに窮地に陥ったこの世を救っていただける人物はいないとおもっている。金色堂の件では、大金が動いた。鳥谷どのが、どれだけ苦労なされたことか。そのお方は、大金には一文たりとも手をつけられず、出羽守さまの説得にすべて使われた。拙者は強く心を打たれたのだ。なるほど、政事を動かすには金が要る。金さえ積めば、悪も善になり、黒も白にできる。されど、金に靡《なび》かぬ強靭な意志を携えた人物もおられる。それこそがわれらの救いであり、希望なのだ」

長谷部は滔々と説きながら、涙ぐんでしまった。

この男こそ、金ではなく、志で動いているのだ。

だが、蔵人介には、問うておかねばならぬことがある。

「金色堂の件に絡んだせいで、出羽守さまは毒を盛られたとの噂もござる。拙者の知るかぎり、毒を盛ったとおぼしき奥医師は、有壁大悟どのを斬ったのと同じ刺客に口を封じられました。もしや、あなた方が敵と目する相手は、出羽守さまの死にも関わっているのではござりませぬか」

すかさず、鳥谷が応じた。

「噂は噂にすぎぬ。たとい、出羽守さまが毒を盛られて亡くなったのだとしても、一藩の留守居役なんぞの与《あずか》り知らぬことじゃ」

「さよう、与り知らぬこと」

と、長谷部も同調する。

ふたりとも何か隠していると察したが、追及するのはやめた。

「鬼役どの、まあ一献」

鳥谷は膝を寄せ、酌をしてくれた。

古耶は帯留めを撫でながら、目に涙を浮かべている。

兄をおもいだして零《こぼ》す涙は、金色堂の須彌壇を飾る螺鈿細工よりも美しい。

蔵人介は冷めた酒を舐めながら、不幸な運命を背負わされた女の顔を盗み見た。

五

十日後。

能見堂《のうけんどう》の高みから眼下を遠望すれば、奇岩《きがん》や松林に縁取られた六浦の青い入江をのぞむことができる。

正月に刊行されたばかりの『江戸名所図会《めいしょずえ》』にも「千里の風光きわまりなく、沖行く舟の真帆片帆は雲に入るかとあやしまる」と記された景勝地だ。

蔵人介は非番の合間を縫って、東海道をひたおしにのぼってきた。

日本橋から保土ヶ谷までは八里九丁、難所の権太坂《ごんたざか》を登らず、左手に延びる金沢道を四里ばかり南下すれば六浦湊へ到達できる。

串部を先駆けとして走らせ、古耶とは保土ヶ谷宿で落ちあった。

昨夜は旅籠《はたご》に泊まり、ふたりで朝霧のたちこめるなかを出立したのだ。

起伏に富んだ金沢道を急ぎ足でたどり、松に囲まれた高台に登った。

能見堂は曹洞宗《そうとうしゅう》の古刹《こさつ》だが、寺院というよりも草庵といった趣である。

本堂のそばには「擲筆松《ふですてまつ》」という大きな松が植えられており、眼下には息を呑むような絶景がひろがっていた。

「左手の手前にみえます七堂伽藍の大きなお寺が、北条《ほうじょう》氏の菩提寺でもある称《しょう》名寺《みょうじ》にございます」

古耶は細長い指で差し、六浦湊の奥深い入江の説明をしてくれた。

「金沢道は称名寺のあたりから右手にまっすぐ延び、かの地を治める米倉《よねくら》家一万二千石の陣屋《じんや》まで繋がってまいります。ほら、道の途中で岸の途切れたあたりに、橋が架かっておりましょう。あれが洲崎《すさき》と瀬戸《せと》を結ぶ瀬戸橋、急流にも耐えられるよう、まんなかに石積みの台場《だいば》が築かれているのですよ」

瀬戸橋の手前、袋状になった一帯が平潟湾《ひらかたわん》の内海だった。

外海の沖には、野島《のじま》、夏島《なつしま》、烏帽子島《えぼしじま》といった島々が浮かび、遥か東の涯《は》てには房総《ぼうそう》の陸地が霞《かす》んでみえる。六浦は江戸湊の入口にして、かつては房総の物資や塩を鎌倉へもたらす起点ともなった。今でも浦賀と江戸を結ぶ要衝《ようしょう》であることに変わりはない。

ただ、すばらしい景色も、懸命に説きつづける古耶のまえでは色褪《いろあ》せてみえる。

それほどまでに、古耶は美しかった。

「矢背さま、いかがなされました」

「いや、別に」

恥ずかしそうに笑うと、古耶も微笑みかえす。

「うふふ、笑ったお顔が何やらとっても、おもしろうござります」

「褒《ほ》めておるのか」

「もちろんでござりますとも。矢背さまの笑顔、大好きですよ」

「えっ」

身を乗りだすと、古耶は恥じらうように顔を背《そむ》けた。

「ほら、あれ。肝心の雀ヶ浦にござりますが」

「おう、そうであったな」

「残念ながら、ここからではのぞめませぬ。野島の手前にみえる渡し場から、小舟を仕立ててまいります」

「なるほど」

「ちょうど、烏帽子島のあたりまで漕《こ》ぎだせば、天神崎《てんじんざき》もみえましょう」

複雑に屈曲《くっきょく》する入江のなかでも、雀ヶ浦はみつけにくいところにあるようだ。

「抜け荷をやるには、もってこいの場所だな」

「わたくしも、そのようにおもいます」

真剣にうなずく古耶は、隠密の顔になっている。

蔵人介は物淋しさを感じつつ、能見堂をあとにした。

いずれにしろ、渡し場から舟に乗るのは日が暮れてからだ。

ふたりは金沢道をのんびりと進み、称名寺に詣ったり、瀬戸橋で遊んだりした。

瀬戸明神では源《みなもとのよりとも》頼朝が衣服を掛けたという福石に座り、陣屋の奥にある金龍《きんりゅう》院《いん》まで足をはこんだ。地震《ない》で山上から転げおちた「飛石《とびいし》」なる巨岩を眺めなどしながら、まるで、仲睦《なかむつ》まじい夫婦のように寄り添い、午後のひとときを過ごしたのだ。

これほど浮かれた気分になるのは、何年ぶりのことだろう。

家で待つ幸恵にたいして一抹《いちまつ》の罪深さを感じつつ、蔵人介は暮れ六つを報《しら》せる「称名の晩鐘《ばんしょう》」を聞いた。

名所絵の題材になっているだけあって、味わい深い鐘の音だ。

夕陽の溶けこむ海に架かった瀬戸橋のうえを、荷を負った黒い牛がのんびり通りすぎていく。

橋のそばには、江戸にも名の知れた『車屋《くるまや》』という割烹料理屋があった。

毛氈《もうせん》の敷かれた見世先の床几《しょうぎ》では、蟹のようなからだつきの従者が首を長くさせながら待っていた。

「殿、待ちかねましたぞ」

串部である。

蔵人介と古耶は隣の床几に並んで座り、麦茶をふたつ注文した。

古耶とは初めてのはずだが、串部は挨拶もそこそこに喋りだす。

「渡し舟の手配は済ませておきました」

「おう、そうか」

「じつは、沖釣りを装って、烏帽子島のあたりまで物見に」

「さすがだな。敵さんの動きを探ってまいったか」

「それが、おもった以上に入りくんだところで」

雀ヶ浦をみつけることはできたが、容易には近づけなかった。

「ただ、沖からも、人足らしき者たちのすがたはみえました。どうやら、山のほうからもたどりつける間道《かんどう》がある様子で」

「なるほど」

「それともうひとつ、気になることが」

串部は古耶を気に掛け、口を噤む。

「古耶どののまえで隠し事は無用だ。もったいぶらずに申してみろ」

「はあ。じつは今朝ほど、宿場外れの木賃宿で、見知った顔をみつけました」

「ん、誰だそいつは」

「花巻岩兵衛とか申すふざけた野郎でござる」

蔵人介は目を宙に泳がせ、記憶をたどる。

「おもいだした。雑司ヶ谷のざくろ長屋を襲った、あの阿呆か」

「いかにも。拙者がざくろ長屋へおもむいたときも、何度か目にいたしました。首根っこを摑まえ、何をしているのか問いつめると、誰かに命じられて長屋を守っているのだとうそぶいておりました。もしや、誰かとは殿のことではござりませぬか」

「わしのはずがなかろう。痛めつけ、脅してやったのだ。恨みこそすれ、情けや義理を感じることはあるまい」

「金の匂いがすれば、どこにでも顔を出すような輩《やから》にござる。木賃宿で声を掛けるのはやめておきましたが、ひょっとしたら、抜け荷の人足として雇われたのかもしれませぬぞ」

それが事実なら、これも宿縁というべきものだ。

「人足どもが浜にいるということは、有壁どのが遺された文のとおり、今宵《こよい》、まちがいなく抜け荷船はあらわれよう」

「仰せのとおりにござる」

人影が近づいてきたので、串部は口を閉じた。

怪しい者ではない。薬箪笥を背負った老人だ。

三人は銭を置いて腰をあげ、ゆったり歩きだす。

日が落ちれば、暗くなるまではあっという間だった。

野島の渡し場までは砂洲がつづき、たも網を手にした子どもたちが大声で童歌《わらべうた》を唄いながら先導してくれた。

渡し場に着くと、船頭が暇そうに煙管《キセル》を燻《くゆ》らしていた。

串部と目顔で合図を交わし、のっそりと起きあがる。

三人が舟に乗りこむと、小舟は静かに桟橋を離れた。

海は凪《な》ぎわたり、心地良い潮風が吹いている。

しばらく漕ぎすすむと、左方に島影がみえた。

「烏帽子島です」

古耶が囁く。

すでに、あたりは薄暗い。

月の出は遅いので、舟灯りだけが頼りだ。

敵に気づかれぬよう、手探りで暗い海を進んでいかねばならない。

一関藩留守居役の鳥谷玄蕃からは、敵の数や荷揚げの手口を詳細に調べてきてほしいと頼まれた。蔵人介と古耶の報告に基づいて、鳥谷は藩内から有志を募り、抜け荷の一味を一網打尽《いちもうだじん》にする捕り方の陣容を決めるという。

ずいぶん悠長なはなしにおもえたが、口には出さなかった。

敵は親藩の重臣だけに、慎重にならざるを得ないのだろう。

言うまでもなく、鳥谷は手柄めあてに動いているのではない。

あくまでも、一関藩の行く末を憂い、やろうとしていることだ。

大義《たいぎ》に殉《じゅん》じる武士の気概には共感できるものの、捨て石となる間者の命はあまりに軽く扱われている。

古耶の横顔をみつめ、蔵人介は虚しさを感じていた。

鳥谷の頼みを聞きいれた理由のひとつは、古耶の命を守りたいがためだ。

間者の宿命を背負わされた者を、あたら死なせてなるものかという強い怒りに衝きうごかされている。

「殿、浜がみえまする。遠浅《とおあさ》ゆえ、小舟を曳《ひ》かねばなりませぬ」

串部に誘われ、蔵人介も海に飛びおりた。

足は底につく。

波は冷たい。

ふたりは左右に分かれ、船首に結ばれた綱を曳いた。

浜辺に近づくと、古耶に手を貸して小舟からおろす。

もっとも、手を貸す必要などなかった。

ひらりと飛びおりる身のこなしは、忍びの心得がなければできないものだ。

「明け方に迎えにくる」

船頭はそう言い残し、舟を返していった。

三人は暗い波打ち際を、腰で漕ぎながら進む。

浜辺にたどりつくと、串部が敵の様子を探りにいった。

どうやら、岩場を挟んだ向こう側のようだ。

しばらくして、串部が戻ってくる。

「おもったより、近《ちこ》うござる。火は焚《た》けませぬが、よろしゅうござりますな」

うなずく古耶の唇もとは、紫色に変わっていた。

蔵人介は小田原《おだわら》提灯《ぢょうちん》を点《つ》け、かぼそい炎に掌を翳《かざ》してやる。

串部を物見に向かわせ、ふたりは流木を枕にして空をみあげた。

無数の星が瞬《またた》いている。

夢をみているような心地だった。

なぜ、こんなところにいるのだろう。

本来の役目を忘れ、朝まで微睡《まどろ》んでいたかった。

「古耶どの、お聞きしてもよろしいか」

「何でしょう」

「どうして、あなたは間者になられたのだ」

「それは、きめられていたからでござります」

奥州の片田舎に生を受けた兄妹は、幼くして双親《ふたおや》を失い、路頭に迷った。物乞《ものご》いで食いつないでいたとき、救いの手を差しのべてくれたのが、鳥谷玄蕃であったという。

「わたくしたちのほかにも、同じような年頃の孤児が何人かおりました」

孤児たちは、間者になるべく育てられた。あらゆる体術を修練し、役目に必要な知識を身につけていった。

「過酷な試練に耐え、間者となった者は三人おりました。わたくしたち兄妹のほかにもうひとり、矢背さまも屋根船で目にされた船頭藤太にござります」

「ああ、そうであったか」

「わたくしたちは名がありませんでした。親代わりの鳥谷さまが、名を付けてくださったのです」

有壁大悟の有壁は、奥州道中で一関のひとつ手前にある宿場の名だった。大悟は禅で悟りをひらくことだ。古耶と藤太については、有壁宿に近い金成《かんなり》という地に伝わる黄金伝説を基にしているという。

平安時代末、金成に住む炭焼き藤太のもとへ、京から美しい娘がひとりやってきた。名は古耶姫、観音さまのお告げにしたがい、藤太の妻となるために訪れた。古耶は持参した砂金を藤太にみせ、その価値を教えこんだ。金成には人量の砂金がある。それを採って京へのぼって売り、ふたりは幸福に暮らした。

その逸話から、名を付けられたことに、古耶は喜びと誇りを感じているようだった。

「三人は物心ついたときから苦楽をともにし、病弱なわたくしを兄の大悟と藤太はいつも守ってくれました」

伊達《だて》家の殿様の側室にあがるために、血の滲むような努力をかさね、与えられた役目を遂げることができた。そのとき、大悟と藤太に褒められたことが、生涯でいちばん嬉しい出来事であったという。

ふたりから「間者は死ねと命じられたら、ためらわずに死なねばならぬ」と教えられてきた。ゆえに、大悟の死は覚悟していたが、やはり、底知れぬ悲しみから逃れることはできない。

蔵人介は、田村小路で祈りを捧げる古耶のすがたをおもいだした。

「兄を失ったあと、わたくしも後追いしようといたしました」

「えっ」

「ご安心ください。もう、その気はありません。藤太に諭されたのです。兄の菩提を誰が弔うのかと」

蔵人介は、古耶が兄に抱くおもいの深さに感じ入った。

「ご覧くだされ、更待月があれに」

いつのまにか、ときの経つのも忘れていた。

物見に出向いた串部が、懸命に走ってくる。

「殿、荷船がみえましたぞ。抜け荷船に相違ござらぬ」

遠くの波間に、船灯りが見え隠れしている。

蔵人介は腰をあげ、古耶に手を差しのべた。

六

古耶によれば、石垣で縁を囲った砂浜は塩浜の名残だという。

抜け荷船とおぼしき船影は烏帽子島のそばにあり、桟橋とのあいだを何艘《そう》もの小舟が往復している。

浜には点々と篝火《かがりび》が焚かれ、荷を下ろして運ぶ人足たちや見張りの侍たちを浮かびたたせていた。

目勘定だが、人足の数は四十人前後、侍の数はその半分程度であろうか。

三人は岩陰に隠れ、長いあいだ浜辺の様子を窺っていた。

小舟からは、大きな木箱が積みおろされてくる。
これをふたりがかりで持ちあげ、磯馴松《そなれまつ》の枝葉に隠れた掘建小屋に運びこむ。
小屋には侍がひとり立ち、人足たちの動きを見張っていた。
驚いたことに、長筒《ながづつ》を肩に担いでいる。
ほかにも、七、八人ほど長筒を手にしていた。
いずれも筒袖に半袴《はんばかま》を着け、侍というよりは猟師に近い。
おそらく、鉄砲の扱いに長《た》けた者たちなのだろう。
風向きによっては、硝煙の臭いが漂ってくる。
「滅多なことでは近づけませぬな」
串部の声も、いつになく暗い。
蔵人介は、鉄砲撃ちをまとめる頭目を探した。
いる。
茶筅髷《ちゃせんまげ》の痩せた男だ。
筒袖に毛皮の陣羽織を纏い、やはり、長筒を担いでいる。
「雑賀衆《さいかしゅう》の末裔《まつえい》かもしれませぬぞ」
串部は冗談半分に言ったが、存外に的を射ているかもしれない。

紀州《きしゆう》に根を持つ雑賀衆は鉄砲や火薬の扱いに長じ、戦国の世に覇者となった織田信長をもっとも苦しめた傭兵《ようへい》たちだった。同じく鉄砲の扱いに長じた根来衆《ねごろしゆう》が徳川家に抱えられて以来、表舞台から去ってしまったが、雑賀衆の血を引く者たちが命脈を保っていてもおかしくはなかった。

ともあれ、木箱の中味を確かめてみなければなるまい。

古耶を岩陰に残し、串部とふたりで砂浜に躍りだす。

流木から流木へ走り、砂上に這いつくばった。

松明《たいまつ》を手にした見張りどもが、うろついている。

空には欠けた月があり、砂洲を煌々《こうこう》と照らしていた。

砂だらけになって進み、何とか小屋のそばにたどりつく。

荷運びの途切れた間隙を縫って、丸木の扉に取りついた。

表口に座った見張りは、さきほどから大欠伸《あくび》をしている。

やがて、砂に尻を落とし、うとうとしはじめた。

串部を待たせ、扉の隙間から内に滑りこむ。

手燭《てしよく》が壁に挿《さ》してあったが、なかは薄暗い。

目が馴れてくると、土間に積まれた木箱をみつけた。

木箱のひとつに近づき、小刀で手際よく上蓋《うわぶた》を外す。
おが屑《くず》を除いてみると、蔵人介の顔が仄白く光った。
「こ、これが……」
夜光貝だ。
箱にぎっしり詰まっている。
貝の内側は滑らかで艶《つや》めき、妖しげな光沢を放っていた。
こんな貝は、はじめてだ。
おもわず、うっとり眺めてしまう。
蔵人介は貝をひとつ袖口に入れ、扉から外へ抜けだした。
見張りは、まだ寝惚《ねぼ》けている。
小屋の陰から、串部が手招きをした。
「ぎゃっ」
突如、短い悲鳴が響いた。
振りかえると、砂浜に血飛沫があがっている。
「てめえら、何しやがる」
叫んだ人足は、すぐさま、侍に首を飛ばされた。

「うわああ」
人足どもが恐怖におののき、一斉に駆けだす。
そこへ、白刃を掲げた侍どもが躍りこみ、情け容赦なく撫で斬りにしていった。
――ぱん、ぱん、ぱん。
乾いた筒音も聞こえてくる。
砂浜から逃れようとする人足は、長筒の餌食《えじき》になった。
「ふはは、逃げろ。ほれ、逃げろ」
鉄砲を手にした連中は、あきらかに狙い撃ちを楽しんでいる。
人足たちは恰好《かっこう》の的にされ、ばたばたと砂上に斃れていった。
逃げのびた何人かが、小屋をめざして駆けてくる。
さきほどまで眠っていた見張りが片膝立ちになり、手慣れた仕種《しぐさ》で長筒を構えた。
――ぱん。
乾いた筒音とともに、人足のひとりが弾かれた。
と同時に、串部が見張りの背後に近づいていく。
後ろから手を伸ばして口を覆い、首をごきっと捻《ひね》った。
見張りは声もなく、その場にくずおれる。

「殿、やっちまいました」

「詮方《せんかた》あるまい」

「申しわけございませぬ」

串部は、情けない顔で何度も謝った。

仲間の死を知れば、敵は異変に勘づき、雀ヶ浦から撤収をはかるだろう。

そして、二度とここへは戻ってこまい。せっかく摑んだ敵の尻尾を手放すことになる。だからといって、眼前で繰りひろげられる殺戮《さつりく》に、手をこまねいているわけにはいかなかった。

——びしゅっ、びしゅっ。

鉛弾《なまりだま》が飛来してくる。

蔵人介は頭をさげた。

鉛弾は鬢を掠《かす》め、小屋の扉を砕く。

と、そこへ、人足がひとり逃げてきた。

叫びながら頭を抱え、必死に駆けてくる。

「殿、あやつでござる」

花巻岩兵衛であった。

転んでは起きあがり、なかなか弾にあたらない。

「悪運の強いやつめ。殿、助けてやりますか」

「ふむ」

ふたりは砂を蹴った。

「おい、こっちだ」

叫びかけるや、岩兵衛は反対のほうへ逃げていく。

逃げる途中で見張りの屍骸につまずき、転んだ場所で動かなくなった。

串部がそばに駆けより、首筋に指で触れた。

「気を失っただけだな」

「よし、運んでいこう」

左右から岩兵衛の両腕を持ちあげ、砂上に引きずった。

「逃がすな、ひとりも逃がすな」

追っ手の声が、遠くのほうから聞こえてくる。

ふたりは岩兵衛を引きずり、岩陰まで戻ってきた。

古耶はおらず、波打ち際のほうから呼ぶ声が聞こえた。

「おうい、こっち。早く、早く」

渡し舟がきてくれたのだ。

「これぞ、天の助け」

串部に岩兵衛を背負わせ、砂浜を駆けぬけた。

いつのまにか、東の空は白みかけている。

渡し舟までたどりつき、岩兵衛の重いからだを舟底に持ちあげた。

——ぱん、ぱん、ぱん、ぱん。

岩場のほうから、乾いた筒音が聞こえてくる。

追っ手の松明が、蛇行しながら近づいてきた。

小舟は岸辺を離れ、波間に漕ぎだす。

間一髪で難を逃れ、みなは手を叩いて喜んだ。

串部が気を失った岩兵衛に近づき、平手で頬をおもいきり叩く。

「おい、起きろ」

「うっ」

岩兵衛は、ようやく目を醒《さ》ました。

「……こ、ここは」

「三途《さんず》の川ではないぞ」

「あんた、みたことがある」

岩兵衛は蔵人介の顔をみつめ、惚《ほう》けたことを言う。

「おぼえておらぬようだな。ま、無理もあるまいか」

「あんた、おいらを助けてくれたのか」

「まあな。おぬしに聞きたいことがある。長筒を抱えたやつらは何者だ」

「素姓は知らねえ。頭《かしら》は轟《とどろき》と呼ばれていた」

「轟、それは姓か」

「たぶんな。おれたちは一昨晩、暗闇のなかを連れてこられた」

おもったとおり、海からではなく、六浦道の間道から山道を伝って砂浜へ降りたのだという。

「同じ道から荷を担いでいくと聞かされていたのに、やつら、荷下ろしが済んだ途端、鉛弾をぶちこんできやがった」

「どうして、この仕事を引きうけたのだ」

「ひと晩で一両になると聞かされたからさ。いまどき、そんな割の良い人足仕事は、ほかにねえ」

「口入屋《くちいれや》に声を掛けられたのか」

「ちがう。手首の無え女に紹介されたんだ」

「手首の無い女」

どきっとする。

もしや、ざくろ長屋のおさとではあるまいか。

「あっ、おもいだした。旦那はあんときの、ざくろ長屋を救ったお侍《さむれ》えじゃねえか。どうしてまた、旦那がここに」

「そんなことはどうだっていい。手首の無い女とは、おさとのことか」

「ああ、そうだよ」

「なぜ、おさとが口入屋のまねごとをしたのだ」

「さあ、知らねえ。向こうから、声を掛けてきたのさ。くそっ、あのあま、おいらを嵌《は》めやがった」

舳先に聳える烏帽子島が、曙光《しょこう》に煌《きら》めいている。

古耶は船上で何度となく、重い溜息を吐いてみせた。

繰りかえすようだが、敵に勘づかれた以上、雀ヶ浦が荷あげに使われることは二度とあるまい。

岩兵衛を救ったのと引きかえに、抜け荷の証拠を掴む機会を逸したのだ。

命懸けでこの場所を探りあてた有壁大悟の苦労も、報われずに終わってしまう。

自分が古耶の足を引っぱっているのだとおもうと、蔵人介は居たたまれない気持ちになった。

七

古耶は鎌倉の尼寺へ戻り、蔵人介たちも江戸へ舞いもどった。

その足で雑司ヶ谷へ向かい、ざくろ長屋のあったあたりを訪ねた。

すでに、日は落ちている。

目のまえには、だだっ広い更地しかない。

「……こ、これは、どうしたことだ」

旅装姿の三人は、埃まみれの顔を見合わせた。

「くそっ、跡形《あとかた》もねえ」

岩兵衛が、ぺっと唾を吐く。

串部も、奥歯をぎりっと嚙みしめた。

土饅頭だけは残っており、一匹の痩せ犬がうろついている。

「あれは」

人の手首をくわえていた痩せ犬かもしれない。

尻をみせ、尻尾を振りながら遠ざかっていく。

三人は導かれるように、犬の尻を追いかけた。

田圃の畦道をたどり、鬼子母神の杜《もり》へ向かう。

「あっ」

神社の裏手に、小さな土饅頭が並んでいた。

痩せ犬を追って近づくと、紫の花が手向《たむ》けてある。

「片栗《かたくり》の花だ」

岩兵衛はそう洩らし、両手を合わせた。

春山で見掛ける花が、里の平地に咲き残っていたのか。

人の気配に振りむくと、水桶を提《さ》げた女が立っていた。

おさとだ。

蔵人介たちのすがたをみつけ、はっと息を呑む。

「このあま」

岩兵衛が駆けより、おさとの襟首を摑んで引きたおした。

馬乗りになり、頬を平手で叩く。

「てめえ、よくも騙しやがったな」

「何のはなしだい」

おさとは脅えもせず、居直ってみせる。

「ふん、あたしゃね、力自慢の阿呆どもを集めろって頼まれただけさ」

「誰に頼まれた」

「あんたみたいな能無しにゃ、言いたかないね」

「あんだと、こいつめ」

岩兵衛がまた、平手打ちにする。

おさとは鼻血を垂らしながら、蔵人介をみた。

「旦那、どうして黙ってんだい。助けておくれよ」

何もこたえずに身を寄せ、膝を折って屈《かが》みこむ。

「ざくろ長屋、なくなっちまったな」

蔵人介が淋しげに言うと、おさとは気丈を装った。

「ふん、ああなる運命だったのさ」

作事奉行の命により、荒っぽい連中が雇われ、ざくろ長屋を粉々に壊していったのだという。

「潰されて更地になるまで、たった一日だよ」

おさとは岩兵衛の手から逃れ、手首の無い袖で鼻血を拭いた。

蔵人介は、小さな土饅頭が気になった。

「子どもたちはどうした」

「鬼子母神のほうで引きとってもらったさ。里親になってもいいっていう金持ちがいるんだ。でも、引きとってもらうまで、三日三晩掛かった。何ひとつ口に入れるものがなくて、四人の幼子が死んじまったんだよ」

おさとは土饅頭に目をやり、ぐすっと涙ぐむ。

「せめて、弔ってやろうとおもってね。可哀想に、長屋さえ残してもらえりゃ、まだ生きながらえていただろうに。口惜しくて仕方ないよ」

おさとは目に涙を溜め、怒りを口にした。

「旦那、いったい誰がこんな世の中にしたのさ。ご存じなら、教えとくれ」

ふと、肥えた公方の顔が頭に浮かんだ。

腎虚《じんきょ》知らずの絶倫《ぜつりん》ぶりをみせ、巷間《こうかん》においては「種馬将軍《たねうま》」だの「好色《こうしょく》公方」などと揶揄《やゆ》されるとおり、御殿女中に産ませた子の数は五十有余におよぶ。歴代将軍のなかでもとりわけ世情に疎いにもかかわらず、将軍の座布団はよほど居心地が良いのか、いっこうに政権を移譲しようとしない。天災や飢饉でどれだけ多くの人々が苦しもうとも、千代田城という鳥籠のなかで飽食《ほうしょく》の日々をおくっている。

そんな公方を守ることが、鬼役の役目でもあるのだ。

「あたしゃね、そいつの命を奪ってやりたい。あの子らの恨みを晴らしてやりたいんだよ」

「気持ちはわかる。されどな、おぬしはできるだけのことはやった。子どもたちもきっと、あの世で感謝しているはずだ」

「旦那、きれいごとはやめとくれ。あたしゃね、淋しくて仕方ない。あの子たちを失いたくはなかったんだよ」

おさとは膝を抱え、嗚咽《おえつ》を洩らしはじめる。

貰い泣きをした岩兵衛が、しきりに洟水を啜った。

ひとしきり泣いたあと、おさとは岩兵衛に顔を向けた。

「あんた、花巻って姓だったね」

「それがどうした」

「生国《しょうごく》は盛岡の花巻かい」

「ああ、そうだ」

「あたしもね、花巻の出なのさ。ほら、これ」

おさとは、袖口から片栗の花を取りだす。

「鬼子母神の裏手に雑木林があるだろう。あそこに咲いているのさ。ふふ、懐《なつ》かしいだろう」

春になると、花巻の山裾《やますそ》は片栗の花に彩られる。

その何とも言えずに美しい景色は、地元の者にしかわからない。

故郷を捨てたはずの女が、故郷を懐かしんでいる。

岩兵衛の態度は、優しいものに変わった。

「おめえも、売られてきた口か」

「そうさ。あたしゃ運がよかった。食べる物もなくて、みんな飢えていたからね。あの
痩せ犬みたいに、死人の肉をあさっていたかもしれない」

あのまま売られていなかったら、今ごろ地獄の淵《ふち》をさまよっていただろうさ。あの
「どっちにしろ、生きちゃいなかっただろうな」

「そうさ。こうして生かされているだけでも、感謝しなくちゃいけない」

「おめえの言うとおりだ」

おさとは岩兵衛に向かって、ふんわりと微笑んだ。

「あんたを騙したやつの名、教えたげる。原田甚八だよ」

「くそっ、黒羽織の小銀杏髷《こいちょう》か」

「そうだよ。南町奉行所の臨時廻りがね、あんたみたいな芥《あくた》どもを集めりゃ、小銭をくれるって囁いたのさ。たった一朱だけど、土饅頭を掘る手間賃にゃなった」

「原田のやつ、おれたちを芥だと言いやがったんだな」

「ちがうのかい。でも、まさか、束にまとめて始末する気だとはおもわなかったよ」

原田甚八という臨時廻りの顔は、蔵人介もうっすらおぼえている。

無表情な面の皮を引っぺがせば、小狡《こずる》い狐があらわれるのだろう。

悪党に繋がる糸は、まだ切れていなかった。

蔵人介は、かたわらの串部とうなずきあった。

八

不浄役人の原田甚八を逃せば、悪事のからくりをあばくことは難しくなる。

ここは正面からあたって痛めつけるよりも、策を弄《ろう》して巧みに近づき、信用させるほうがよい。

さっそく、その機会がやってきた。

あらかじめ、原田の見廻る道順を調べておいたのだ。

もちろん、その日の気分で足を向けるさきは異なる。

だが、犬が小便を掛けながら縄張りを確かめるように、かならず立ち寄るところはあった。

そのうちのひとつが、目黒白金村《めぐろしろかね》の雑木林に隠された荒れ寺だ。

昼の日中から野田賭博《のでんとばく》がおこなわれており、これに目をつけた原田は法度の賭博に目をつぶるかわりに、仕切り役の地廻りから寺銭《てらせん》をピンハネしていた。

いつも夕の八ツ刻あたりになると、原田はやってくる。

蔵人介は串部と岩兵衛をしたがえ、雑木林に潜んだ。

荒れ寺の外に人気《ひとけ》は無く、薄気味悪い感じもしたが、それはおそらく、博打がもとで喧嘩になり、命を落とした者たちが埋められているからだろうと、岩兵衛は声を震わせた。

やがて、原田がいつもどおり、ひとりでやってきた。

剣術のおぼえがあるらしく、怖がる様子もない。

打ちあわせどおり、岩兵衛と串部が躍りでた。

「おい、待たねえか」

岩兵衛はぞんざいな口を利き、腰に差した段平の柄に手を添える。

原田は落ちつきはらった態度で、黄八丈《きはちじょう》の着流しの裾を捲った。

「何だ、おめえは」

「へへ、忘れたのか、この顔を」

「ふん、小悪党の顔なんざ、いちいちおぼえちゃいられねえな」

「わざわざ、おめえに騙されて、六浦湊まで足労したんだぜ」

「ほほう、なるほど。六浦湊に送った人足の生きのこりか」

「やっぱり知っていやがったな。人足どもはみんな、虫螻《むしけら》みてえに殺られたぜ。用が済んだら、はいおさらばよってな調子でな。ありゃ、口封じなんだろう。最初《はな》からそいつを知りながら、おいらたちを地獄の一丁目に送りこみやがったな」

「それがどうした、死に損ないめ。十手《じって》持ちのおれさまを脅して、小銭でも巻きあげようってのか」

「いいや、面倒なことはしねえ。命を貰う」

「ふっ、できるかな」

原田は身構え、ずらっと白刃を抜いた。

岩兵衛は後退《あとずさ》り、串部が前面に出てくる。

「おぬしは何だ。小悪党に雇われた用心棒か」

「まあ、そんなもんだ」

串部は自慢の「鎌髭」を抜くや、低い姿勢で駆けだした。

まるで、灌木《かんぼく》を縫う一陣の風だ。

刃は白い光となり、的に襲いかかっていく。

「けい……っ」

原田は先手を取り、右八相《はっそう》から袈裟懸けに斬ってきた。

——ぶん。

白刃は空を切る。

串部は初太刀をかいくぐり、原田の臑《すね》を刈った。

的を外したことのない柳剛流の一撃だ。

が、払いは浅い。

薄い臑の肉を裂いたにすぎなかった。

「ぬぐっ」

それでも、原田は尻餅をついた。

傷口からは、白い骨がみえている。

「ぬひゃひゃ、逃がさねえぜ」

岩兵衛が段平を肩に担ぎ、のっしのっしと迫った。

原田は激痛に顔をゆがめ、腹這《はらば》いで逃げだす。

と、そこへ。

荒れ寺のほうから、別の人影がふらりとあらわれた。

蔵人介だ。

月代を剃《そ》ってはいるものの、垢じみた渋柿色の着流しのせいか、うらぶれた浪人にみえる。

「おい、小悪党、無体《むたい》なまねはやめろ」

「何だ、てめえは」

わざと激昂《げっこう》してみせる岩兵衛にたいし、蔵人介は胸を張った。

「わしの名は野田戸白斎《のだとばくさい》、ご覧のとおりの食い詰め者だが、困っている御仁があれば捨ておけぬ」

「ふざけんじゃねえ。命が惜しけりゃ、黙ってみてな」

「そうはいかぬ」

「やるってのか。てめえ、命を落とすぜ」

「それは、こっちの台詞だ」

「ふん、死ぬがいい。臑斬りの旦那、あいつのもついでに刈っちまっておくんなせえ」

「任せろ」

串部は原田のもとから踵《きびす》を返し、蔵人介に襲いかかっていった。

「そい」

鋭い太刀ゆきとともに、臑斬りがくる。

「ふほっ」

蔵人介は、牛若《うしわか》のように跳ねとんだ。

さらに、中空で国次を抜きはなつ。

「くおりゃ……っ」

気合一声、大上段から斬りさげた。

「のひぇええ」

串部のからだから、凄まじい血飛沫が噴きあがる。

段取りのとおりだが、とても演技とはおもえない。

「ひっ」

岩兵衛は尻をみせ、一目散に逃げていく。

その場に倒れた串部は、血だらけだった。

無論、斬られたのではない。

血は豚の血だ。

絶妙の間合いで原田に背を向けたので、顔から臍下《せいか》まで一刀のもとに斬られたやにみえた。

不浄役人は茫然自失《ぼうぜんじしつ》の体で、地べたに座りこんでいる。

言うまでもなく、串部が斬られたと信じこんでいた。

蔵人介は豚の血で塗《まみ》れた刀を納め、原田に近づく。

「お役人、だいじないか」

「ふむ、かたじけない。おかげで、命拾いした」

「何の」

印籠《いんろう》から化膿《かのう》止めの粉薬を出して傷口に塗《まぶ》し、手拭いできつく縛って止血の処置をほどこしてやる。

「すまぬ、何から何まで」

「お気になさるな。袖《そで》振《ふ》り合うも何とやら。ふふ、野田賭博で小銭を稼ごうと参じたものの、きれいにすってしまいましてな。少しでも勝っておれば、あなたは臑を失っていたやもしれぬ」

「ごもっとも。存外に手《て》強《ごわ》い相手であった」

「異《い》端《たん》の臑斬りを舐めてはいけませんな」

「肝に銘じておこう。それにしても、貴公ほどの技倆を携えていながら、野田賭博通いとはもったいない」

「儲け話のひとつもあれば、教えてくださらぬか」

「よし、おぬしなら申し分あるまい。今宵、ちょうど訪ねるところがあってな、とある御仁に引きあわせよう」

「儲かるはなしでござろうか」

「その御仁は、江戸でも指折りの大金持ちだ。気に入ってもらえば、生涯遊んで暮らせるだけの実入りは期待できよう」

「ほほう。それはありがたい」

「貴公は命の恩人だ。それくらいのことはさせてもらう」

「されば、是非、ごいっしょさせていただきましょう」

はなしは思惑どおりにすすみ、ふたりは串部の「屍骸」をまたぐと、雑木林をあとにした。

九

不浄役人に連れていかれたさきは、高輪《たかなわ》の大縄手《おおなわて》にある『月亭《つきてい》』という高級料亭だった。

月見の名所でもあり、御用商人が賓客《ひんきゃく》の接待などで使うところだ。

原田を待っていたのは、頭巾をかぶった侍と小狡《こずる》そうな商人にほかならない。

偉そうな頭巾侍は名乗らず、頭巾を取ろうともしなかった。

商人のほうは江刺屋善太夫といい、仙台藩御用達《ごようたし》の「何でも屋」だという。

屋号に聞きおぼえがあった。一関藩留守居役の鳥谷玄蕃が口にしたものだ。

となると、頭巾侍のほうは、鳥谷が宿敵と目する仙台藩勘定奉行の大條寺監物かもしれない。

だが、この場で確かめる術はなかった。

原田はふたりの面前では飼い犬も同然となり、日頃の横柄《おうへい》さは微塵も感じられない。

十手を預かる者が悪党に媚《こ》びる様子は、正直、みるに堪《た》えなかった。

「よう来られた。原田さま、さ、ご一献」

江刺屋は銚釐《ちろり》を手に提げ、下座に躙りよってきた。

注がれたのは冷めた残り酒だが、原田はありがたそうに頂戴する。

「ところで、お連れの方はどなたかな」

「こちらは、剣の達人にござる」

「ほう、人物評に辛い原田さまが太鼓判を押されるとは、またおめずらしい」

荒れ寺での経緯をはなすと、江刺屋は納得顔でうなずいた。

「それは、命拾いなされましたな。なるほど、さようですか、おもしろい。ちょうど、腕の立つ御仁を探しておりました」

「ふふ、それを聞いておったのでな」

原田は、江刺屋から頭巾侍のほうへ目を移す。

「いかがでござろう。こちらを用心棒にされては」

「その必要はない」

「え」

「なれど、仕事をひとつやってもらおう」

頭巾侍に重々しく告げられ、原田はうなずいた。

江刺屋が小判のはいった紙入れを取りだし、畳に滑らせる。

「おふたりで、いかようにもお分けくだされ」

原田は嬉しそうに紙入れを拾い、懐中に仕舞いこむ。

蔵人介は胸を張り、頭巾侍を睨みつけた。

「拙者はまだ、お請けしておらぬ。だいいち、他人にものを頼むのに、頭巾も取らず、名乗りもせずか」

ふてぶてしい態度に出ると、原田は慌てた。

「これ、ぞんざいな口を叩くでない」

江刺屋も、不機嫌そうに睨んでいる。

ところが、当の頭巾侍だけは、肩を揺すって嗤いだした。

「ぬはは、おもしろい男だ。おぬしなら、やってのけるかもしれぬ。ひとをひとり斬ってもらいたい」

「えっ」

「厭《いや》なら、去れ。どういたす」

「かしこまった」

抗《あらが》いがたい気迫を感じ、蔵人介はうなずいた。

「よし。相手も警戒しておるゆえ、一筋縄ではいかぬぞ。まんまとやりおおせたら、頭巾を取ってこの顔を晒《さら》し、名乗りあげて進ぜよう。おぬしを禄米取りにしてもよい。どうじゃ、夢のようなはなしであろうが」

「わるいはなしではござらぬ。されど、約定を守っていただける証拠はおありか」

「慎重なやつめ。さすれば」

片膝立ちになり、背後の刀掛けから大刀を摑みとる。

蔵人介が座したまま身構えると、頭巾侍は鯉口《こいぐち》を切った。

白刃を棟区《むねまち》まで抜き、冴えた鍔鳴《つばな》りとともに納刀する。

「刀に懸けて誓おう。武士に二言はない」

この男、できる。

蔵人介は、所作だけで見抜いた。

平気を装いつつも、背中には冷や汗を搔いている。

こちらに怪しい気配を感じた途端、斬りつけてくるにちがいない。

「されば、頼んだぞ。段取りはこののち、江刺屋のほうから不浄役人に伝える。おぬしは一から十まで、原田甚八の指図にしたがっておればよい」

「はは、かしこまりました」

こほっと、江刺屋が咳払いをする。

「用件は済みました。これよりさき、おふたりはご遠慮願います」

部屋から体よく追いだされても、いっこうに腹は立たない。

蔵人介はむしろ、安堵していた。

十

頭巾の人物が仙台藩勘定奉行の大條寺監物だとすれば、的に掛ける相手は一関藩留守居役の鳥谷玄蕃である公算が大きい。

鳥谷の間者として敵方に潜《もぐ》った有壁大悟は、田村小路の中屋敷門前で斬殺された。

あれは、鳥谷への警告だった。

雀ヶ浦の出来事で、ふたたび、敵は鳥谷の関与を疑った。

いっそのこと消してしまおうと考えても、けっして不思議ではないのだ。

不浄役人の原田とは三日に一度、両国広小路の水茶屋《みずちゃや》で落ちあうことにきめていた。

こちらの素姓を知られるわけにはいかなかったが、相手にその気はないようなので助かった。

町々には、初夏の花が咲きみだれている。

茨《いばら》に水木《みずき》、手鞠花《てまりばな》に石楠花《しゃくなげ》に卯の花と、穢《けが》れのない白や淡い紅色の花が刺々《とげとげ》しい気持ちを和《なご》ませてくれた。

二度目に落ちあった夕刻、原田に「今夜だ」と告げられた。

日が暮れてから柳橋《やなぎばし》の桟橋へ向かい、小舟に乗って大川《おおかわ》を下った。

たどりついたさきは、奥御右筆の長谷部新之丞に連れてこられた芝湊町の船宿だ。

あれから二十日経っていたが、この場所を忘れるはずはない。

やはり、おもったとおりだ。

敵は、鳥谷玄蕃を的に掛けようとしていた。

原田は船宿の裏手にまわりこみ、物陰から桟橋の様子を窺った。

あのときと同じで、屋根船が一艘繋がっており、障子越しに灯が揺れていた。

あらかじめ、鳥谷のもとへ警戒を促しておいたにもかかわらず、格別な備えはなさそうだ。遣いにやった串部によれば、鳥谷は笑いながら「でかした。敵を信用させ、弱味を握ってくれ」と応じたらしいが、頼もしい反面、敵を舐めすぎているのではないかとおもう。

蔵人介は不安を抱いたまま、不浄役人と暗闇に潜んだ。

動かぬ屋根船までは半丁足らず、凪《な》いだ海原《うなばら》は満天の星屑《ほしくず》を映している。

「客はまだ来ておらぬようだな。あと小半刻、じっくり待とうではないか。のう、野田氏」

馴れていない姓なので、いつも返事が遅れる。

「待つのはよいが、的に掛ける相手は誰なのだ」

「じつはな、わしも聞かされておらぬのよ。ともあれ、船中に集う三人を始末せよとの仰せだ」

「えっ、三人だと。ひとりではないのか」

気色ばむ蔵人介を、原田は目で制する。

「まあ、怒るな。わしもこの道三十年余の臨時廻り、三人のうちふたりの素姓は調べがついておる。教えてやろうか」

「無論だ」

「ひとり目は一関藩留守居役の鳥谷玄蕃、ふたり目は公儀奥御右筆の長谷部新之丞だ。ふたりは従前に密談をかさねておってな、ご存じのとおり、奥御右筆ってえところは不正腐敗の吹きだまりよ。口利きの中味は知らぬが、鳥谷から長谷部へ多額の金子が贈られておることはまちがいない」

「三人目は誰だ」

「それがわからぬ。身分の高い客人という以外はな」

原田によれば、本命は鳥谷ではなく、どうやら、三人目の「客人」らしかった。

「ま、深く考えぬことだ。この仕事を無事に済ませたら、おまえさんも晴れて悪党のお仲間入りってわけさ」

原田は煽《あお》るだけの役割なので、気軽に構えている。

刺客は蔵人介ひとり、心形刀流の長谷部もふくまれているだけに、三人を相手取るのは至難の業だ。

どう考えても、無理がある。

もしかしたら、無理を承知で命じたのだろうか。

「だとすれば……」

不吉な予感が脳裏を過《よ》ぎった。
ちゃぽんと、波が船端で砕ける。
船尾にうずくまる船頭の目が光った。
藤太だ。
心強い防ぎ手だが、やはり、守りの数が少なすぎる。
「来たぞ」
原田が囁いた。
ぎっと、桟橋が軋む。
ふたつの人影が近づいてきた。
先導するのは長谷部で、後ろにつづく侍は頭巾で顔を隠している。
痩せてひょろ長い人物だ。
光沢のある高価な召し物をみれば、身分の高さはすぐにわかる。
「ふん、肝心なやつはみんな、頭巾をかぶっていやがる」
原田は低声《こごえ》で皮肉を洩らし、ふたつの人影を目で送る。
ともあれ、上手に失敗《しくじ》ってみせねばなるまい。
ことによったら、原田を斬らねばならぬ。

蔵人介は最初から、その覚悟を決めていた。

「野田氏、どうする。船に乗るまえにやるか、乗ってからやるか」

「乗ってからだ。三人まとまったほうが仕留めやすい」

「なるほど、それもそうだ」

船頭藤太が障子を開け、長谷部と頭巾侍を導きいれる。

ちらりと、鳥谷の顔もみえた。

頭巾侍は振りむき、なぜか、こちらをじっと睨みつける。

暗闇しかみえていないはずだが、不穏な気配を感じたのかもしれない。

息を殺して待つと、頭巾侍は腰を屈め、障子の内へ消えていった。

藤太は障子を立て、何事もなかったように船尾へ戻る。

「あいつが邪魔だな。わしがどうにかしようか」

「いや、あんたはここでみておれ」

「よいのか」

「ああ。ここからさきは、わしの持ち場だ」

蔵人介は言い捨て、暗がりから抜けだした。

こうなれば、迷ってなどいられない。

桟橋を一気に駆けぬけ、船端へ迫った。

藤太がこちらの正体に気づき、阿吽《あうん》の呼吸で応じてくれることを期待するしかない。

さっそく、藤太は異変に気づき、障子の内へ何事かを囁いた。

みずからは棹《さお》を持ち、船端から二間《けん》余りも跳躍する。

「ふおっ」

桟橋に降りたった。

やはり、ただ者ではない。

手にした棹にも仕掛けがあり、突いた途端、白刃が飛びだしてきた。

「くっ」

蔵人介は、鬢を浅く削られた。

すかさず、国次を抜きはなつ。

「ふん」

眉間に迫った棹の先端を受け、弾かずに鎬《しのぎ》を棹に滑らせる。

そのまま根元まで迫り、藤太の眼前に顔を寄せた。

「すまぬ」

ひとこと謝り、柄頭で顎を砕く。

藤太は声もなく、桟橋にくずおれた。

刹那《せつな》、屋根船の障子が内から蹴破られた。

「くせものめ」

飛びだしてきたのは、長谷部新之丞だ。

抜刀するや、船端を蹴り、大上段から月代めがけて斬りさげる。

「ふえい」

「ぬおっ」

蔵人介は一撃を十字に受け、鍔迫りあいに持ちこんだ。

無論、たがいに本気ではない。

「いずれ来るのはわかっておった。されど、よりによって今宵とはな」

長谷部は顔を近づけ、囁きかけてくる。

蔵人介も応じた。

「本命は頭巾の侍だ」

「くそっ、こちらの動きを読まれておったか」

「後ろに不浄役人がいる」

「わかっておるわ」

「どうする」

「おぬしに花を持たせよう。あとは上手《うま》くやってくれ」

「承知」

長谷部はぱっと離れ、右八相から袈裟懸けに転じた。

「ぬりゃっ」

胴が隙だらけだ。

「そい」

蔵人介は一歩踏みこみ、脇胴を抜いた。

実際は、布一枚裂いただけだ。

「ぎぇっ」

長谷部は悲鳴まであげ、身を捩《よじ》って倒れる。

ふっ、なかなかの役者ぶりだ。

蔵人介は勢いを借りて、障子の内へ飛びこむ。

不安げな鳥谷のかたわらには、瓜実顔《うりざねがお》の「客人」が端然と座っていた。

薄暗いせいか、表情まではわからない。

ただ、五体から並々ならぬ気を放っている。
「ごめん、おふたりに芝居を打っていただきまする」
蔵人介は刀を左右に振っただけで、ふたりに背を向けた。
半丁先の物陰から、原田甚八が亀のように首を伸ばしている。
「莫迦め、終わったわ」
蔵人介は、すちゃっと刀を鞘に納めた。
そのときだ。
潮の香にまじって、硝煙の臭いが漂ってきた。
「うっ、危ない」
蔵人介が叫ぶや、長谷部と藤太がむっくり身を起こす。
つぎの瞬間、桟橋からさほど離れていない水面に、ぼっ、ぼっと松明が灯《とも》った。
十人乗りの鯨船だ。二艘いる。
船端には、筒口が並んでいた。
――どどどど。
耳をつんざく破裂音とともに、鉛弾が雨霰《あめあられ》と撃ちこまれてくる。
屋根船の屋根が粉微塵にされた。ひとたまりもない。あっというまの出来事だ。

——ぐわん。
横腹を穴だらけにされた屋根船が、腹をみせてひっくり返った。
船上のふたりは栈橋に投げだされ、ぴくりとも動かない。
鳥谷玄蕃は、すでに胸を撃たれていた。
藤太が駆けより、必死に助けようとする。
鳥谷は夥《おびただ》しい血を流しながらも、俯せになった「客人」のほうへ手を伸ばした。
「あのお方を……お、お守りせよ」
盾になるべく、長谷部新之丞が身を躍らせた。
——ぱん、ぱん。
乾いた筒音が響き、長谷部はもんどりうつ。
「うわっ」
蔵人介は叫び、飛ぶように駆けた。
長谷部は、頭に一発食らっている。
肩を揺すっても、ぴくりともしない。
——ひゅん、ひゅん。
鉛弾が頭上を掠め、桟橋に突きささる。

つぎは、自分の番だ。

「これまでか」

どうせ死ぬなら、武士《もののふ》の気概をみせてやる。

覚悟を決め、その場に立ちあがった。

そのとき。

――どどん。

爆破音とともに、大きな水柱が立ちのぼった。

鯨船に乗る筒持ちどもは水をかぶり、射撃の手を止めざるを得なくなる。

桟橋には大波が押しよせ、屍骸となった長谷部を浚《さら》っていった。

惚けたように佇む蔵人介の肩を、誰かがそっと叩く。

「鬼役どの、しっかりしなされ」

聞き慣れた声に、見慣れた顔。

公人朝夕人、土田伝右衛門であった。

「……お、おぬしか。なぜ、ここに」

「理由はのちほど。この場をしのぐことが先決にござる。さあ、手伝ってくだされ。

そちらのお方を、お助けせねばなりませぬ」

伝右衛門は気を失ったままの「客人」を背負い、信じられない速さで桟橋を渡っていった。

蔵人介も、必死にあとを追う。

すでに、不浄役人は影もない。

尻尾を丸めて逃げたのだろう。

奥御右筆、長谷部新之丞は死んだ。

おそらく、鳥谷玄蕃も生きてはおるまい。

わしは大莫迦だ。

陽動《ようどう》の駒に使われたのだ。

そのことに気づけなかった。

「すまぬ、長谷部どの」

口惜しすぎて、涙が出そうになる。

不甲斐《ふがい》ない自分に腹を立てても、長谷部は戻ってこない。

奥御右筆にはめずらしく、骨のある人物だった。

短いつきあいであったが、たいせつな友を亡くした気分だ。

「くそっ」

悲しみで胸が潰れそうになり、蔵人介は何度も転びかけた。
それでも、走らねばならない。
走りつづけなければ、敵のもとへたどりつけないのだ。

十一

もう一刻ほど、中庭に面した離室《はなれ》にあって、蔵人介は黙然と座っている。
公人朝夕人に案内されたのは、駿河台《するがだい》にある橘右近の屋敷だった。
あまりに静かすぎて、栈橋での騒ぎは嘘のようにおもわれた。
が、長谷部新之丞は、あきらかに頭を撃たれて死んだ。
鳥谷玄蕃も、絶命したにちがいない。
生死を確かめる余裕もなかった。
鳥谷を抱きかかえ、泣いている藤太のすがただけが、目に焼きついている。
鉛弾が雨霰と降りそそぐなか、素姓もわからぬ「客人」を助けねばならなかった。
「いったい、誰なのだ」
吐きすてたところへ、音もなく襖障子が開いた。

小柄な老臣が、着流しの恰好ではいってくる。

橘右近であった。

白壁を背にして腰をおろし、脇息《きようそく》を抱えるように身を乗りだす。

「鳥谷玄蕃は死んでおらぬ。配下の者に助けられた。ただし、三途の川を行きつ戻りつしておるようでな、あやつが死ねば、ちと困ったことになる。されど、不幸中の幸いは、あのお方が無傷で助けられたことじゃ。万が一のことをおもい、公人朝夕人を尾行につけておいたのが功を奏した」

橘はひとりごち、ほっと胸を撫でおろす。

まるで、蔵人介など眼中にないかのようだ。

「おぬしを自邸に招きたくはなかった。されど、事が事だけに詮方あるまい」

「橘さま、公人朝夕人が助けたお方の素姓を、お聞かせいただけませぬか」

「鬼役づれが、知ってどうなるものでもあるまい。もっとも、今からわしの配下になると申すなら、はなしは別じゃがな」

蔵人介は押し黙り、両拳を握りしめる。

突如、橘右近は入れ歯を剝いて笑った。

「にひゃひゃ、口惜しいか。いつまでも強情を張っておるからじゃ。まあよい、教えてつかわそう。かのお方は、本丸老中の水野越前守忠邦さまじゃ」

「げっ」

「驚いたか。御自らお望みになり、一関藩の留守居役のもとをお訪ねになった。わしがお止めしたにもかかわらずな。あの殿さま、かなりのへそまがりとみた。ま、それは美点でもある。一度こうと決めたら梃子《てこ》でも動かぬ気概こそ、いざというときは役に立つものよ」

橘は高位の大身《たいしん》旗本だが、水野忠邦はまがりなりにも浜松藩六万石の藩主にほかならない。身分は天と地ほどにちがう。にもかかわらず、平気で「へそまがり」と評してみせるあたりが、いかにも古狸《ふるだぬき》らしい。

「奥御右筆の長谷部新之丞は、かねて交流のあった鳥谷玄蕃に頼まれ、雑司ヶ谷感応寺に金色堂を建立する愚行を阻むべく、老中首座であられた水野出羽守さまに直訴せんとした。されど、機会を得られずに悶々《もんもん》と過ごしていたところへ、当時、西ノ丸老中であられた越前守さまが救いの手を差しのべられたのじゃ」

じつは、越前守と奥御右筆のあいだを取りもった人物がもうひとりいた。

「寺社奉行、脇坂中務大輔さまじゃ」

「何と」

「驚くのも無理はない。当時、脇坂さまは感応寺の復興を推進せねばならぬ当事者であられたのだからな。されど、建前と本音は別じゃ。脇坂さまの妹御は、一関藩田村家に嫁がれた。生まれた男子は仙台藩伊達家の養嗣子となり、やがて、仙台藩の藩主となった。先代の斉義さまじゃ。脇坂さまとは血縁でもあらせられた。ゆえに、奥州諸藩に迷惑が掛かるようなはなしは、撥《は》ねつけるおつもりだったのじゃ」

脇坂安董が相談を持ちこんださきが、水野越前守忠邦であった。

「清廉潔白《せいれんけっぱく》を身上とするお方同士、心の通じるものがおありだったのじゃろう」

ゆえに、長谷部は一国の藩主に本音を吐露する機会を得ることができた。

水野忠邦は密かに事情を聞き、純粋な正義感から出羽守に談判を申しこみ、金色堂建立の愚行を説いたのだ。その結果、悪僧日啓の念願は頓挫《とんざ》の憂き目をみることとなり、ときをおかず、出羽守は毒を盛られた。

皮肉にも、水野忠邦は漁夫《ぎょふ》の利を得る恰好となり、本丸老中の末席にくわえられた。

「越前守さまは野心に富み、出世欲も旺盛じゃが、反面、小心《しょうしん》なところがあってな、出羽守さまの死がご自身のせいではあるまいかと、くよくよ悩んでおられる。それゆえ、出羽守さまが毒殺された真相を探るべく、わしはあらゆる手だてを尽くして調べねばならぬ」

橘が老中毒殺の件を調べているのは、水野越前守の命を受けてのことなのだ。

「本丸の御老中に泣きつかれたら、やるしかあるまいが。もっとも、命じられたからというわけではないのじゃ。越前守さまは頭も切れるし、志も高い。幕閣のなかで頼りになるのは、あのお方くらいしかおらぬ。たとえば、老中首座になられた松平周防守さまはどうじゃ。凡庸なだけならまだしも、佞臣どもから神輿に担がれ、浮かれておるやに見受けられる。近い将来、水野越前守さまが政事の舵取りを任せられる人物と見極めたればこそ、恩を売っておかねばならぬのさ」

くかかと、橘は下品に笑う。

いったい、佞臣どもとは誰なのか。

好奇心を擽《くすぐ》られたが、蔵人介は敢えて聞くまいとおもった。

「おぬしの考えておることなど、手に取るようにわかるわい。面倒事に巻きこまれまいとしておるようじゃが、すでに、おぬしは面倒事の中心におる。あきらめるがよい。鈴振り谷で駕籠図を拾ったときから、おぬしはこの件から逃れられぬ」

そもそも、この件とは何なのだ。

老中首座が毒殺されたことと、金色堂の建立が頓挫したことと、仙台藩の重臣がからむ夜光貝の抜け荷と、抜け荷を必死に探ろうとしている一関藩の動きと、それらすべてがどう繋がっているというのか。

絡みあった糸を解いてほしいと、蔵人介は願った。

「仙台藩御用達の江刺屋善太夫は、そもそも、仙台と南部両藩の国境で誰の許可も取らずに硝石を採掘し、頭角をあらわした男だ。盗人と同じじよ。知ってのとおり、硝石は火薬の原料ゆえ、公儀の許しを得ぬかぎり、商いはできぬ。ところが、江刺屋は仙台藩の重臣と懇《ねんご》ろになり、硝石長者となった」

懇ろになった相手というのが、一介の勘定方から藩の台所を預かる勘定奉行にまで出世した大條寺監物だった。

「いまや、大條寺は江刺屋の稼いだ莫大な資金を手にして、仙台藩六十二万五千石の藩政を牛耳《ぎゅうじ》っておる」

成りあがり者の大條寺だが、押しだしの強さと金の力で「宿老《しゅくろう》」となり、伊達家の由緒ある門閥である「一家」の家格を与えられる勢いらしい。

「調べてみると、大條寺は仙台藩でも並ぶ者のいない宝蔵院流槍術《ほうぞういんりゅうそうじゅつ》の遣い手じゃった。しかも、江刺屋は配下に筒持ちどもを抱えておる。金で雇われた連中じゃが、轟才蔵《さいぞう》とか申す組頭のもとで、よく統率されておってな。おぬしを陽動の駒に使ったのも、轟の策であろうと、公人朝夕人は言うておったわ」

串部が指摘したとおり、轟は雑賀衆に関わりのある者らしいが、詳しい素姓はわかっていない。

「大條寺と江刺屋はさらなる利を得ようと、抜け荷に手を染めた。抜け荷の品は、夜光貝じゃ。わしもな、金色堂の螺鈿細工に使われておるとは知らなんだ。なるほど、あれは人の心を狂わす貝じゃ。妖しい光が悪党を肥えさせる。鳥谷玄蕃は仙台藩から独立したいがために、抜け荷の証拠を摑もうと必死になっておった。されど、敵のほうが一枚も二枚も上手じゃ。大條寺監物は、幕府の高官とも通じておってな。じつは、その者が出羽守さま毒殺の黒幕ではあるまいかと、わしは疑っておる」

黒幕の依頼により、大條寺は刺客を放ち、出羽守を毒殺した奥医師を抹殺させた。大條寺から命じられた江刺屋は、黒幕との繋がりがばれぬよう、闇金貸しの海老屋惣次を介して、聖沢又左衛門を刺客に雇ったのだ。聖沢は奥医師ばかりか、鳥谷の放った間者の有壁大悟も亡き者にした。無論、こちらも大條寺の命で江刺屋が海老屋に依頼した殺しにほかならない。

ようやく、蔵人介にも悪事の筋がみえてきた。

ふたつの殺しは、理由は別にあったが、やはり裏では繋がっていたのだ。

「海老屋を爆殺せしめたのは、火薬に詳しい轟たちであろう。無論、命じたのは大條寺と江刺屋じゃ。金で雇った連中に汚れ仕事をさせ、無用になったら口を封じる。それがあやつらの遣《や》り口《くち》よ」

海老屋が葬られた理由のひとつは、目付の探索を受けていたからだ。目付の動きを知る者は、幕閣でもかぎられている。

蔵人介は、膝を乗りだした。

「橘さま、大條寺の背後に控える黒幕の名をお聞かせくだされ」

「それよ。越前守さまも、黒幕の正体をお知りになりたいばっかりに、危険を顧みず、鳥谷玄蕃の待つ屋根船に出向いたのじゃ。鳥谷は今ひとつ、越前守さまを信用しておらなんだようでな、黒幕の名が聞きたければ誠意をおみせいただきたいと、生意気なことを抜かしおったらしい。それだけ、外に洩らしたくない名だったのじゃろう」

鳥谷が黒幕の名をどうやって知ったのかは、橘もわからないという。

水野忠邦はお忍び駕籠に乗り、わずかな供人だけを連れて船宿へ出向いた。

桟橋への水先案内人は、信頼をおく長谷部新之丞であった。

「会見の段取りはうまくはこんだ。ところが、邪魔がはいった。おぬしじゃ。矢背蔵人介を陽動の駒に使った襲撃のせいで、黒幕の名は聞けず仕舞いになった。肝心の鳥谷は今、口が利ける容態《ようだい》ではない。死ねばそれまで、秘密は闇に葬られる」

責めを負う覚悟はできている。

だが、敵も周到な準備をしていた。

おそらく、水野家の家中にも、敵の間者が潜りこんでいるはずだ。

「すでに、間者の炙りだしはやっておる」

「黒幕の目星は」

「焦るでない。怪しい者は何人かおるが、いまだ、確信を得るまでにいたっておらぬわい」

「以前、黒幕は碩翁と日啓の一派ではないかと仰いましたな」

「そうかもしれぬし、そうでないかもしれぬ。ふふ、そのあたりは狐と狸の化かしあいのようなものじゃ。今日の敵が明日は味方になり、味方が敵になることもある。今は息をひそめて、じっくり機が熟すのを待たねばならぬ。無闇に奔《はし》るでないぞ。敵が焦《じ》れたところで、一気に勝負をつけるのじゃ」

もはや、黒幕が誰であっても関わりはないと、蔵人介はおもいなおした。

有壁大悟の無念を晴らし、長谷部新之丞の大義に報いるには、一刻も早く、大條寺監物と江刺屋に引導を渡すしかない。

橘に「時期尚早」と念を押されても、蔵人介は奔ろうと決めていた。

沸々《ふつふつ》とした怒りを、どうしても抑えきれなかったのだ。

十二

翌日、胸に風穴の開いた臨時廻りが、大川の百本杭《ひゃっぽんぐい》に浮かんだ。

「原田甚八でござります。この目で確かめてまいりました」

串部は、それみたことかという顔をする。

「口が軽いうえに、袖の下を無心するだけの役立たず。敵さんもあっさり、見限ったのでござりましょう」

日は西にかたむきつつあった。

女たちは出掛けており、鐵太郎は部屋で素読《そどく》をしている。

蔵人介は濡《ぬ》れ縁《えん》に座り、橘のことばを反芻《はんすう》した。

——無闇に奔るでないぞ。

そのことばが壁となり、踏みだす勇気を阻んでいた。

中庭では深紅《しんく》の牡丹《ぼたん》が散り、薄紅色の芍薬も終わり、紫陽花《あじさい》が緑色の蕾《つぼみ》をつけはじめている。

花の色とともに季節はめぐり、次第に憤りも薄れていくことだろう。

だが、何年経っても、昨日の悪夢が消えることはあるまい。

蔵人介は無念無想の境地を得るべく、武悪《ぶあく》の面を打った。

——がっ、がっ。

檜《ひのき》を粗く削る鑿音《のみおと》が響き、何人《なんぴと》も近づくことのできない気を放っている。

難事にのぞむとき、蔵人介は面を打つ。

狂言面を好むのは、人斬りも狂言のひとつにすぎぬと、みずからに言い聞かせるためでもあろうか。

人影がひとつ簀戸《すど》を抜け、庭に躍りこんできた。

「お殿さま、お殿さま……」

花巻岩兵衛だ。

ともに六浦湊へ旅して以来、すっかり懐かれている。

身分を明かしたときは驚かれたが、それからは従者のように江戸じゅうを走りまわっていた。

「……て、てえへんだ。おさとが捕まった」

「何だと」

蔵人介は鑿をおき、がばっと立ちあがる。

岩兵衛は足を縺《もつ》れさせ、沓脱《くつぬ》ぎ石の手前に倒れた。

「……み、水をくだせせえ」

串部が控え部屋からあらわれ、水瓶《みずがめ》から柄杓《ひしやく》で水を汲《く》んでくる。

岩兵衛はのどを鳴らして水を呑み、激しく咳《せ》きこむや、額を土に擦りつけた。

ようやく落ちついたとおもったら、こんどは泣きべそをかく。

「……は、原田甚八との関わりを知られ、おさとは消されかけた。そんとき、たぶん、お殿さまの名を出したにちげえねえ」

「何で、おさとが殿の名を」

串部が厳しく糾すと、岩兵衛は身を縮めた。

「おいらが教えた。原田のやつが殺られて、おさとが怖がっていたから、万が一何かあったら、お殿さまの名を言えって……す、すまねえ。少しはときを稼げるとおもって言っちまったんだ……で、でも、教えたのは姓と名だけさ。どこの誰かは教えてねえ」

「莫迦たれ。矢背という姓を調べれば、敵は素姓を嗅《か》ぎつけるわ。殿、こうしてはおられませぬぞ」

「ふむ」

串部は岩兵衛に向きなおり、首をかしげた。

「それにしても、なぜ、おさとが捕まったとわかった」

「おいら、あいつに情けを抱いた。うっかり、手を出しちまって、男と女の仲になったのさ」

「ふうん、それで」

「麻布牛坂《うしざか》の坂下に、誰も使ってねえ水車小屋がある。人気のねえところだが、ねぐらにするにゃちょうどいい」

その水車小屋へおさとを誘い、いっしょに暮らしはじめたという。

「ところがよ、さっき戻ってみたら、とんでもねえことになってた」

顎を震わせる岩兵衛に、蔵人介が叱責のことばを投げつけた。

「どうした、はっきりと申せ」

「……お、おさとが、水車に縛られていやがった。あいつらに捕まり、磔《はりつけ》にされていたのさ」

「生きておったのか」

「ああ、生きてた。まちがいねえ」

串部が声を張った。

「殿、罠《わな》でござります。おさとを餌にして、殿をおびきよせる腹にちがいない」

「わかっておる」

「ならば、ここは自重《じちょう》なされたほうが」

「串部よ、わしが自重するとおもうのか」

問われて串部は、首を力無く横に振る。

「いいえ」

「だったら、つまらぬことを申すな。岩兵衛、今から荒くれどもを集められるか」

「へい、十人くれえなら」

「よし、そいつらに花火筒を持たせて、水車小屋まで来させろ」

「いってえ、花火筒を何に使うので」

「あとで説明する。よし、まいろう。こちらから罠に嵌《はま》り、悪党どもを成敗《せいばい》してくれよう」

たいした策はない。あるのは強靭《きょうじん》な意志だけだ。

蔵人介は興奮の醒めやらぬ顔で、自邸を飛びだした。

十三

仙台藩下屋敷のある仙台坂を下ると、雑木林に囲まれた窪地に行きあたる。

渋谷川から枝分かれした川が流れており、川に沿って勾配《こうばい》のきつい牛坂がつづいていった。

「あっちでやす」

岩兵衛の背につづき、川からさらに枝分かれした細流を進んでいく。

十余人の荒くれどもを連れた串部とは、雑木林の手前で分かれた。

荒くれどもは端金《はしたがね》につられて、嫌々ながらやってきた。

ただし、花火をあげることは楽しみにしているようだ。

もちろん、花火が鉄砲に勝てるとはおもっていない。

だが、敵の注意を逸《そ》らすことはできる。

蔵人介は、わずかな勝機に賭けていた。

「旦那、あそこでやす」

使われていないはずの水車が、泥水を吸いあげながら回転している。
半裸で縛りつけられたおさとも、水車とともにまわっていた。
すでに意識はなく、泥人形も同然だった。
悪党どもに生かされ、もてあそばれているのだ。
蔵人介の怒りは、沸騰しかけていた。
が、ここは冷静さを保たねばならない。
岩兵衛をしたがえ、風下から近づいた。
硝煙の臭いを嗅ぎわける鼻だけが頼りだ。
笹藪《ささやぶ》の手前で、蔵人介は足を止めた。
迂闊《うかつ》に近づくことはできない。
「……お、おさと」
岩兵衛は泣いていた。
ふたりは、同郷の誼《よしみ》から親しくなった。
花巻の特産品は、片栗粉と硝石だ。
春には可憐《かれん》な紫の花が、山裾一面に咲きみだれる。
北上川《きたかみがわ》の水運に恵まれた南部《なんぶ》領内随一の米所《こめどころ》も、ここ数年は凶作つづきで、地逃げや子殺しがあたりまえのようにおこなわれていた。
岩兵衛もおさとも生きるために、離れたくない故郷を捨ててきたのだ。
「……おさと、おさとよう」
岩兵衛の慟哭《どうこく》は、故郷を捨てざるを得なかった者たちの慟哭でもあった。
ふと、硝煙の臭いが鼻をついた。
――ぱん。
乾いた筒音がする。
咄嗟に屈んだ。
――ひゅん。
頭上すれすれを銀の筋が通りすぎ、背後に聳える飯桐《いいぎり》の幹にめりこむ。
岩兵衛は笹叢《ささむら》に伏せ、頭を抱えていた。
「ぬひひ、鼠が罠に掛かりおった」
七、八人の筒持ちをしたがえ、江刺屋善太夫がすがたをあらわした。
「おまえさんを探していたのさ。不浄役人は何ひとつ知らなんだが、女は知っていた。矢背蔵人介、それが本名だって。おまえさん、ただの鼠じゃなかったようだな。ひょっとして、大目付の密偵《いぬ》か」

どうやら、素姓までは調べていないらしい。

蔵人介は立ちあがり、呵々《かか》と嗤ってみせる。

「何が可笑《おか》しい。的に掛けられておるのだぞ。いかに居合の名人でも、鉛弾にはかなうまいて」

「ふん、ぺらぺらとよく喋るやつだな」

「何だと」

「喋るやつは信用するなというのが、矢背家の家訓でな」

「ふん、密偵め。いったい、誰の命で動いていやがる」

「そいつが聞きたいのか」

「そうに決まってんだろうが。さあ、素直に吐け。吐けば楽にしてやる。あの女ともどもな」

江刺屋は水車を指差し、へらへら笑った。

残忍なまねが根っから好きな性分らしい。

蔵人介は、ぐっと怒りを抑えつけた。

「誰の命でもない。わしはただ、あのおなごを助けにまいった」

「わからねえ。あんな売女《ばいた》に、命を懸けるほどの価値があんのか」

「どうとでもおもえ。人の血が通っておるなら、おなごを放してやったらどうだ」

「ぐふふ、強がっていられんのも今のうちだ。とりあえず、利き腕の一本でも貰っておくか」

江刺屋に命じられ、かたわらの痩せた男が長筒を構えた。

組頭の轟才蔵だ。

「撃ってみろ」

蔵人介は長筒を睨み、轟を挑発してみせる。

——ぱん。

筒音とともに、鉛弾が飛来した。

ばっと右袖をひるがえし、笹藪に伏せる。

撃たれた衝撃はない。右袖に穴が開いていた。

岩兵衛のすがたは、いつのまにか消えている。

——ぱん、ぱん。

筒音が連続し、蔵人介は地べたに転がった。

轟は、わざと命中させずに遊んでいるのだ。

このままでは、鉛弾の餌食にされてしまう。

串部よ、まだか。

胸の裡《うち》に叫んだ。

こちらで敵を引きつけているあいだに、串部たちは背後にまわりこむ。

花火で陽動しつつ、串部は単身敵中に躍りこみ、混乱のなかで勝機を見出すのだ。

一《いち》か八《ばち》かの策だった。

「待て、わしの素姓を教えてやろう」

蔵人介は、ゆらりと立ちあがった。

江刺の合図で、轟の長筒が下に向けられる。

「さあ、喋ってみろ」

「ふむ、わしはな、将軍家の毒味役だ。上様の御膳にまじった毒を見分け、すみやかに取りさる。それがお役目よ」

「そいつは何かの喩《たと》えか。われらのことを、公儀に刃向かう毒とでも言いたいのか」

「いかようにも解釈すればよい」

そのときだった。

足を震わす地響きとともに、天空に十数発の花火が打ちあげられた。

——どどん、ばりばりばり。

江刺屋たちはおもわず、夜空を見上げた。

眩《まばゆ》いばかりの閃光に、双眸《そうぼう》を射抜かれる。

「すわっ」

蔵人介は地を蹴った。

それよりも素早く、敵の臑に鎌鼬《かまいたち》が襲いかかる。

「ぎぇっ」

長筒持ちの悲鳴があがった。

鎌鼬の正体は、串部にほかならない。

地べたすれすれを、同田貫《どうたぬき》が奔った。

臑をやつぎばやに刈られ、長筒持ちどもは悲鳴をあげる。

「くそっ、もう一匹おったか」

今ごろ気づいても遅い。

江刺屋は這々《ほうほう》の体で逃げだした。

残りの連中は鉛弾を放てない。

放てば相撃ちになるからだ。

長筒を捨て、刀を抜く者もあった。
もちろん、串部の敵ではない。
臑を失い、転がるしかなかった。
江刺屋は轟才蔵を盾にして、水車小屋へ向かった。
そこには岩兵衛がおり、おさとを助けようとしている。
「下郎《げろう》め」
轟は足を止め、立ったまま長筒を構えた。
引鉄《ひきがね》に指が掛かった瞬間、側頭に白刃が刺さる。
「ぬげっ」
蔵人介が脇差を投擲《とうてき》したのだ。
――ぱん。
天に向けられた筒口から、硝煙が立ちのぼる。
轟は棒のように倒れ、地面に額を叩きつけた。
もはや、背後から長筒で狙ってくる者もいない。
長筒持ちどもはことごとく、串部に臑を刈られていた。
江刺屋は生死の間境《まざかい》に立たされ、蒼白な顔で震えている。

この世への未練が、忽然《こつぜん》と迫りあがってきたのであろう。

「……か、金ならやる。好きなだけくれてやる。後生《ごしょう》だ、見逃してくれ」

「そうはいかぬ。おぬしは飼い主をあやまった。夜光貝の抜け荷は露見し、大條寺監物は失脚しよう。老中首座の毒殺にも関与していたとなれば、死罪は免れまい」

「いいや、大條寺さまは、ただでは死なぬ」

「なぜ」

「あのお方はたいへんな苦労のすえ、幕府のお偉方と堅固な関わりを築いてきた。悪事を揉《も》み消《け》すことなんざ朝飯前だ」

蔵人介の目が、きらりと光った。

「危うくなれば、護身に走る。それがお偉方の習性でな、おぬしの飼い主は蜥蜴《とかげ》の尻尾切りにされるぞ」

「さあて、どうかな。大條寺さまは、そいつの睾丸《きんたま》を握っている。裏切ることなんざ、できっこねえさ」

「そいつとは誰のことだ」

「ふふ、知りてえか。わしを見逃すなら、教えてもいいぞ」

蔵人介は大股で歩みより、江刺屋の面前に立った。

「すまぬが、駆け引きは嫌いでな」

「えっ」

「黒幕の名を喋ろうが喋るまいが、おぬしには死んでもらう」

「嘘だろ」

「残念だったな」

蔵人介は半歩近づき、国次を抜いた。

「ひぇっ」

短い悲鳴があがる。

田宮流の秘技、飛ばし首だ。

江刺屋の生首は高々と舞い、飯桐の枝に引っかかった。

「殿、勇《いさ》み足《あし》にござります」

串部が血振りを済ませ、納刀しながら近づいてくる。

「あとわずかで黒幕の名を聞けたに、なぜ、待てなんだのでござるか。橘右近さまに叱られますぞ」

「気にいたすな。わしは、橘右近の飼い犬ではない」

「たしかに」

細流の汀《みぎわ》には、片栗の花が咲いていた。

岩兵衛に介抱され、おさとはどうにか息を吹きかえす。

「……だ、旦那、ここは」

「片栗の花が咲く、水車小屋のすぐそばだ」

「旦那は、いつも助けてくれるんですね。ありがとう」

「おまえたち、これからどうする」

蔵人介の問いかけに、岩兵衛は笑って応じた。

「何ひとつ決めちゃおりやせんが、来年の春になったら、こいつと花巻へ戻ってみようかと」

北上川に散った無数の花弁が、渦潮《うずしお》とともに水底へ吸いこまれていく。

世にも美しいとされる風景を、ふたりでもう一度眺めてみたいという。

「もっとも、おさとのやつが厭だと言えば、それまでのことでやす」

厭だなどと、言うはずがない。

おさとは、涙目で訴えているのだ。

いっしょに連れていってほしいと。

岩兵衛とおさとは、生き甲斐をみつけた。

蔵人介にとっては、それがせめてもの救いかもしれない。
おさとが縛《いまし》めを解かれても、水車はまわりつづけている。
まるで、運命の糸車のようだなと、蔵人介はおもった。

黄金の孔雀

一

雑司ヶ谷、鷹場《たかば》。

――ひょう。

次郎丸《じろうまる》は獲物を捉え、地を這うように肉薄するや、優雅な弧を描きつつ、蒼天《そうてん》に飛翔《ひしょう》した。

「のほほ、のほほ、ほうれ、みてみい。次郎丸がまた、雉子《きじ》を獲ったぞ。愛《う》いやつめ、褒美《ほうび》を取らさねばなるまい。のう、斉邦《なりくに》どの」

肥えた公方《くぼう》はいつになく上機嫌で、辛そうな鹿毛《かげ》の尻に鞭《むち》をくれては野面《のづら》を駆けまわっている。

だが、そう長くはつづかない。

なにせ、還暦《かんれき》を過ぎた二十五貫目の巨漢。常日頃の飽食《ほうしょく》がたたって、歩行もままならぬありさまなのだ。

まるで、牛蛙《うしがえる》の化け物にみえる。

小姓たちに手伝わせて馬から下りるだけでも、ひと騒動だった。

広大な野面を俯瞰《ふかん》できる高台には、派手な陣幕《じんまく》が張られている。

狩り装束《しょうぞく》の家斉は床几に重い腰を据えると、さっそく、甘いものを所望した。

「きび団子をもて。ここは桃配山《ももくばりやま》じゃ。金吾《きんご》は何をしておる。わが東軍への寝返りを約したに、さては臆《おく》したか。ええい、松尾山《まつおやま》に鉛弾の雨を撃ちこませよ」

毒味役としてそばに侍《はべ》る蔵人介は、胸の裡で溜息を吐いた。

はじめて目にする者は、公方が乱心《らんしん》したとおもうだろう。

これは鷹場にあって、家斉が好んでおこなう「関ヶ原《せきがはら》」の再現であった。

本人は軍配《ぐんばい》まで携え、大権現家康《だいごんげんいえやす》になりきっている。

金吾とは、天下分け目の戦いで命運を握らされることになった小早川秀秋《こばやかわひであき》にほかならない。拮抗《きっこう》する戦いの趨勢《すうせい》は周知のごとく、西軍の進路側面に聳える松尾山にあって一万五千の大軍を率いる十九歳の若者に託された。

「ぬはは、金吾め、やっと動きおったか。よし、敵を突きくずせ。一気に勝負を決めるのじゃ」

まるで、家康の魂魄《こんぱく》が憑依《ひょうい》したかのように、家斉は軍配を振りながら喚《わめ》く。

かたわらに控える若き殿さまは、さきほどから目を白黒させ、ことばを発することもできない。

「でかしたぞ、金吾。ほれ、返事をせぬか」

家斉に水を向けられた哀れな殿さまは、仙台藩第十二代藩主の伊達陸奥守《むつのかみ》斉邦であった。

年恰好からすれば、家康と秀秋の関わりとさしてちがいはない。

だが、合戦《かっせん》ののち、格別な褒賞《ほうしょう》も頂戴できずに狂死した秀秋といっしょにされては、たまったものではなかった。

それでも、斉邦は不満げな態度を微塵もみせない。

家斉から「斉」の一字を貰ったものの、生まれつき病弱で食が細く、鷹狩りよりは学問や音曲《おんぎょく》を好んだ。馬上のすがたもさまになっておらず、家斉の面前ではしゃっくりばかりしている。

そもそも、先代斉義《なりよし》の実子ではなかった。六年前、斉義が三十の若さで身罷った際、一門から呼ばれて藩主の座に就いた。幼少の実子が家斉への目見得《めみえ》を済ませていなかったために、世継ぎ選びが難航したのだ。

世継ぎ選びには、幕府も口を挟んだ。老中首座の水野出羽守忠成が一計を案じ、家斉の子を斉義の養嗣子となすべく工作した。ところが、伊達家重臣の強硬な反対に遭い、あきらめざるを得なかった。

出羽守は公方の意向を受けてやったのだと、斉邦は重臣たちに聞かされている。

そのせいか、必要もないのに、家斉に負い目を感じているようだった。

ともあれ、六十二万五千石の大藩を統《す》べるには、心もとない器量というよりほかにない。一門の重臣たちに支えられ、どうにか難しい藩政の舵取りをおこなっているにすぎなかった。

橘によれば、家斉のおもいつきで、今日の鷹狩りに呼ばれたらしい。

大名にとって、公方の鷹狩りに随行するのは名誉なことだ。

雄藩の藩主であっても、一生にそうあることではない。

斉邦は緊張の色を隠せず、終始、きび団子がのどにつかえたような顔をしていた。

こういうとき、如才《じょさい》なくふるまうことのできる側近は重宝される。

その筆頭は、御側御用取次《おそばごようとりつぎ》の大槻美濃守実篤《おおつきみののかみさねあつ》であった。

若武者のころは美貌《びぼう》で鳴らし、家斉お気に入りの小姓として仕え、職禄五千石の旗本最高位にまで出世した。

居並ぶ重臣たちも、美濃守のおかげで何かと助かっている。

わがままな牛蛙を御《ぎょ》することができるのは、今のところ、美濃守をおいてほかにはいないとの評《ひょう》もあった。

重臣のなかには、橘右近の皺顔もみえる。

老体だが、馬を駆る技倆は群を抜いていた。

尿筒《しとづつ》持ちの公人朝夕人も、影のように控えている。

蔵人介は、毒味を済ませたきび団子を小姓に委ねた。

役目柄、公方のそばに侍らねばならぬ。ために、ちょっとした会話や溜息すらも聞こえてきた。

「ときに、斉邦どの。この丘陵はもうすぐ平地に変わる。なぜかわかるか」

「はい、感応寺が造営されるやに聞きおよんでござりまする」

「さよう、耳を澄ませば、槌音《つちおと》が聞こえてくるようじゃ。ふほほ、雑司ヶ谷感応寺は七堂伽藍の豪壮《ごうそう》な寺になる。されど、ひとつだけ心残りがあってな。何じゃとおもう」

「はて」

「そのほうにも関わりのあるものじゃ」

斉邦は、金縛りにあったように身を固めた。

「是非とも、お教えくだされませ」

「よし、教えてつかわそう。金色堂じゃ」

「えっ」

「わからぬのか。平泉の中尊寺にある金色堂のことじゃ。あれと同じものを建立するつもりでおったが、今は亡き水野出羽守の独断で頓挫した。されど、余はあきらめたわけではない」

蔵人介はおもわず、聞き耳を立てる。

金色堂建立は破戒僧日啓の訴えによるものと聞いていたが、どうしたわけか、家斉自身がのぞんだことにすり替わっている。

「感応寺がだめなら、城内の紅葉山《もみじやま》に建立すればよいではないか。ぬはは、どうじゃ、斉邦どの、良い考えであろう」

「は、はい」

「ところがな、側近どもは誰ひとり良い顔をせぬ。そもそも、螺鈿《らでん》細工に必要な貝が足りぬと申すのじゃ。貝のこと、そちも存じておろう」

「夜光貝にござりますな」

「さよう。闇のなかで妖しい光を放つ貝よ。その夜光貝が足りぬという。そこでな、わしは妙案をおもいついた」

不吉な予感を抱きつつ、伊達家の若い殿さまは空唾《からつば》を呑む。

家斉は相手の様子など気にも掛けず、楽しげにつづけた。

「中尊寺の金色堂を、そっくりそのまま移すのじゃ」

「げっ」

「どうじゃ、妙案であろうが」

常軌《じょうき》を逸《いっ》しているとしかおもえない。

斉邦は、彫像のように固まってしまった。

「斉邦どの、そのほうを呼んだのはほかでもない。金色堂移設のこと、伝えておこうとおもうてな」

実行されるとなれば、奥州《おうしゅう》全域の反撥は必至だ。

矢面《やおもて》に立たされるのは、金色堂を維持管理する伊達家にほかならない。

斉邦の瓜実顔は蒼褪《あおざ》め、顎や拳の震えが止まらなくなった。

抱いたのは驚愕なのか、怒りなのか、それとも恐怖なのか、蔵人介には憶測のしようもない。

――ひょう。

次郎丸が天空から急降下し、鷹匠《たかじょう》のもとへ戻ってきた。

家斉は相好《そうごう》をくずし、でっぷりした腹を揺すりあげる。

「のほほ、愛《う》いやつめ」

猛禽《もうきん》の嘴《くちばし》に顔を近づけ、小首をかしげてみせる。

「さあ、こたえよ。褒美は何がよい。いっそ、仙台一国はどうじゃ。能無しの若造に治めさせるより、能ある鷹に治めさせたほうが気が利いておろう。のほほ、のほほ」

公方の高笑いにつきあう者はおらず、側近たちの顔は凍りついていた。

虚仮《こけ》にされた一国の藩主が刀を抜いても、誰も不思議にはおもうまい。

だが、その気配はなかった。

若き陸奥の藩主は白目《しろめ》を剝《む》き、気を失いかけていた。

二

燕《つばめ》が蒼空を横切っている。

――朝顔の苗や、夕顔の苗。

薫風《くんぷう》のそよぐなか、唐茄子《とうなす》かぶりの苗売りが、辻々に売り声を響かせた。

露地《ろじ》裏では、菖蒲刀《しょうぶとう》を手にした洟垂《はなた》れどもが戦さごっこをしている。

端午《たんご》の節句に備え、武家屋敷の屋根には鯉幟《こいのぼり》や吹流《ふきなが》しも泳いでいた。

のどかにみえる町の風景も、裏にまわって覗いてみれば悲惨なものだ。

米の凶作による飢饉は深刻の度を増し、商人たちは米の買い占めや売り惜しみに走っている。物の不足は米価や諸色《しょしき》の高騰を招き、悪貨の鋳造がそれに拍車を掛け、人々は苦しい生活を強いられていた。

もっとも、米が口にできる者はまだ幸運なほうだ。

貧乏長屋には飢えと疫病《えきびょう》が蔓延《まんえん》し、人気のない火除地《ひよけち》などには追いはぎどもが蠢《うごめ》いている。辻の暗がりには物乞《ものご》いがうずくまり、鼻の欠けた女たちが身を売ろうと必死に袖を引いてきた。

まさに、天国と地獄は背中合わせ、蔵人介はこの世の無常をおもわざるを得ない。

せめて、法度破りの抜け荷で私腹を肥やす悪党どもを一網打尽《いちもうだじん》にして溜飲《りゅういん》を下げたかったが、怒りにまかせて江刺屋一味を成敗したことで大條寺監物の罪をあばく機会は失われ、大條寺の背後に隠れた黒幕の正体を見極めるのも難しくなった。

芝湊町船宿裏の桟橋で鉛弾を撃ちこまれて以来、鳥谷玄蕃とも面会していない。一命をとりとめて順調な快復をみせているらしいが、外部との交わりは断っており、鳥谷の口から黒幕の名を聞きだすことはできなかった。

自分のやったことは、蜥蜴の尻尾切りを手伝ったようなものだと、蔵人介は自嘲《じちょう》するしかない。大條寺とその後ろ盾が生きているかぎり、江刺屋の代わりなどいくらでもみつかるのだ。

しかも、公方の周囲で新たな火種が生じつつある。

家斉は鷹場で無謀なことを口にし、重臣たちを悩ませていた。

橘もそのひとりだ。いつなんどき、こちらに火の粉が飛んでこないともかぎらない。

中尊寺金色堂移設の噂は、さまざまな憶測を呼んだ。

無理難題を提示し、仙台藩に感応寺の普請費用を押しつける腹だと勘ぐる向きもあったが、太平楽《たいへいらく》な家斉が幕府の台所を案じているとはおもえない。

ただのおもいつきにすぎぬと、蔵人介は見切っていた。

鬱陶《うっとう》しいことばかりだが、沈んでばかりもいられない。

懐中には、公方から側近たちに下賜《かし》された羊羹《ようかん》の切れ端がある。

切れ端とはいえ、ひと棹《さお》で銀二匁《もんめ》もする大久保主水《おおくぼもんど》の煉《ね》り羊羹だった。

家人の喜ぶ顔を頭に浮かべながら帰宅すると、着替えも早々に「おはなしがございます」と、妻の幸恵に告げられた。

羊羹を出しそびれ、気まずい空気に顔をしかめる。

幸恵はなぜか、空の米櫃《こめびつ》を差しだしてきた。

「ご覧なされ。わが家には、お米がひと粒もござりませぬ。ご当主《とうしゅ》として、これを何と心得なさる」

「はあ」

「はあ、ではござらぬ。一族郎党《いちぞくろうとう》を飢え死にさせるおつもりか」

唾を飛ばす幸恵の隣では、九つの鐵太郎がしゅんとした顔で控えている。

「幸恵、大袈裟《おおげさ》なことを申すな。米がなければ、米屋に買いにいかせればよいではないか」

蔵人介が発した途端、襖一枚隔てた廊下の床を石突《いしづ》きで叩く音が響いた。

「けえ……っ。黙らっしゃい」

がたぴしゃと襖が開き、袴姿の志乃が敷居を跨《また》いでくる。

右手には薙刀の刃が光っていた。

先祖伝来の「鬼斬《おにき》り国綱《くにつな》」だ。

雄藩の指南役までつとめた薙刀の名手だけあって、対峙する者をすくみあがらせる迫力は相当なものだ。

「ど、どうなされましたか、養母上《ははうえ》」

「覚悟のほどをしめしたまでじゃ」

「いったい、何のご覚悟にござりましょう」

「米がなければ、戦ってぶんどるしかあるまい」

「さりとて、戦う相手がおりませぬ」

「市中には悪徳商人どもがおろう。米屋を筆頭にして油問屋に蠟燭《ろうそく》問屋、いずれも物を買い占めて値をつりあげようと企む輩じゃ。きゃつらと手を組み私腹を肥やす役人たちも同罪、束にまとめて首を刎《は》ねてくりょう」

「養母上《ははうえ》、どうか、落ちついてくだされ」

「これが落ちついてなどおられようか」

志乃は悲しげな顔になり、畳にぺたりと座りこむ。

「蔵人介どのは、米の値段をご存じあるまい。十日前は一升《しょう》百八十文《もん》だったものが、今や二百五十文じゃ。米だけではない。豆腐は一丁で六十文もする。鐵太郎の大好きながんもどきも買えぬ始末でな。菜種油《なたねあぶら》は一合《ごう》百文を超え、蠟燭は一本五百文もする。これでは、鐵太郎が夜の素読にいそしむこともできぬわ。蛇《じゃ》の目《め》は二朱《しゅ》もいたすゆえ、雨の日は遠出もできぬ。履《は》き物は二足三文の金剛《こんごう》草履で我慢せねばならぬし、高価な売薬は買えぬゆえ、風邪もおちおちひけやせぬ。これが由緒ある旗本の暮らしとは、嘆かわしいことじゃ」

志乃が肩を落とすと、幸恵がすかさず茶碗の水を差しだした。

「ありがとう、幸恵さん。おまえさまにも、苦労をお掛けしますね」

「いいえ、お義母《かあ》さまこそ、だいじになさっていた加賀友禅《かがゆうぜん》をお売りになってしまいになり、さぞかしお淋しいことでござりましょう」

「幸恵さんこそ、舶来物《はくらいもの》の唐桟《とうざん》をお売りになったでしょう。十両で買ったものが一両にしかならず、がっかりしておられましたね」

「そのお金で、油と歯磨き粉を買いました」

「よそいきの着物がないから、お洒落もできぬ。高価な紅《べに》は買えず、白粉《おしろい》を塗るのもためらわれる。鬢付け油は並みでも四十文はするし、髪結い代も莫迦にならぬ。ないない尽くしで気が滅入《めい》ってしまいます」

ふたりから恨めしげに睨まれ、蔵人介は目を背《そむ》けた。

志乃の舌は、さらにまわりつづける。

「蔵前《くらまえ》の伊勢《いせ》屋には、年給二百両も取る手代が四人もいるそうな。そうなれば、悪徳商人の店を襲って、蔵を破るしかないではないか」

「さようなことをしたら、磔《はりつけ》獄門《ごくもん》になりますぞ」

「飢えて死ぬくらいなら、潔く戦って死ねばよい。それが武門《ぶもん》の習《なら》いじゃ」

さすがに疲れたのか、志乃は声をひそめる。

「ここ数日、禍《わざわい》のもとは誰なのかと考えてみました。行きついたさきは、どなただとおもわれます」

「さあ」

「公方さまですよ。家斉公に、しゃんとしていただかねば困ります。お城には、命を賭《と》して諫言《かんげん》できるご重臣はおられぬのか。嘆かわしいことじゃ。何ならわたしが、この国綱を引っ提《さ》げて出向きましょうほどに」

「養母上、それだけはご勘弁を」

「人の上に立つ為政者《いせいしゃ》に強意見《こわいけん》する者がおらぬ国は、いずれ近いうちに滅びましょう」

滅びるのが厭《いや》なら、神輿の上に乗せる公方の首をすげかえねばなるまい。

ことばにはしないが、志乃はそう言いたげだ。

おそらく、同じように考える者は少なくない。

「ああ、久方ぶりに甘いものが食べたい。煉り羊羹なんぞ、夢のまた夢じゃ。死ぬまでに一度でよいから、浮世小路《うきよこうじ》の『百川《ももかわ》』あたりで高価な膳に饗されてみたいものよ」

ふと、ご下賜の煉り羊羹があったことをおもいだす。

嵐が去ったあと、幸恵にそっと手渡すしかなかろう。

鐵太郎が、同情の色を浮かべた目でみつめている。

貧乏旗本の当主など、いずれも同じようなものだ。

哀れな息子に向かって、蔵人介はぎこちなく笑いかえした。

三

夜明けまでには、まだ小半刻の猶予《ゆうよ》がある。
白装束に身を包んだ鳥谷玄蕃は、人影ひとつない田村小路に重い足を引きずった。
通いなれたこの道も、いつもと様子がちがってみえる。
大路を横切ったそのさきには、黄泉路《よみじ》へとつづく暗闇がぽっかり口を開けていた。
死ぬと決めたのは、鉛弾で撃ちぬかれた胸の傷が耐えがたいほど疼《うず》くからではない。
あるいは、抜け荷に手を染めた奸臣を糾弾《きゅうだん》したいがためでもない。
本来なら携えてくるべき訴状のたぐいも、用意してはいなかった。
懐中にあるのは、表に「誅」と血文字で記された奉書紙《ほうしょがみ》だけだ。
仇敵《きゅうてき》の大條寺監物も、わかってくれるだろう。
根は同じ、奥州人《おうしゅうびと》の血が流れているのだ。
――しかも……。
いや、やめておこう。

大條寺とは遠いむかしに袂《たもと》を分かち、各々、別の道を歩んできたのだ。

今さら、ふたりにしかわからぬ秘密を持ちだしたところで、詮無いはなしだ。

が、最後の最後で本来の自分を取りもどし、反骨《はんこつ》の気概をみせてくれるものと信じている。

鳥谷が死のうと決めたきっかけは、雑司ヶ谷の鷹場で公方家斉が仙台藩藩主の斉邦に向かって囁いたことばにあった。

――中尊寺の金色堂を、そっくりそのまま移すのじゃ。

噂ではない。家斉は意志の籠もった声で、はっきりそう言った。

鳥谷の耳にはどうしたわけか、公方のことばが一言一句《いちごんいっく》あやまることもなく伝わっていた。

牛蛙め、たわけたことを抜かしおって。

あまりに突飛な内容だけに、最初は面食らった。

しかし、熟慮するにつれて、戯《ざ》れ言《ごと》でないことがわかってきた。

平泉は奥州の聖地であり、中尊寺金色堂は平和を望む奥州の人々にとって魂の拠《よ》り所《どころ》にほかならない。そこには、東北の辺境《へんきょう》に京洛と同じ華やかな文化を築いた藤原氏三代にわたる当主たちの木乃伊《ミイラ》も眠っている。金色堂は、黄金の阿弥陀仏《あみだぶつ》を奉じた単なる信仰の対象ではない。この地で百年の栄華を築いた藤原氏の霊廟なのだ。

金色堂を江戸に移すというのは、墓泥棒にも並ぶ行為にちがいない。

仙台藩や一関藩の藩士もその事実を知れば、神仏をも畏《おそ》れぬおこないではないかと憤ることだろう。

しかし、権力の座に五十年近くも居座る家斉にとってみれば、金色堂の移転など何ほどのことでもなかった。源頼朝に滅ぼされた藤原氏は地方の一国主にすぎず、一国主が黄金の棺《ひつぎ》に弔われていること自体、徳川家をないがしろにする許されざる行為なのだ。

墓であろうと何であろうと、移転することに一片《いっぺん》のためらいも抱かぬ。家斉ならば、それくらいのことは平然とやってのけるにちがいない。

であるならば、死をもって抗《あらが》わねばならぬ。

奥州人の気骨《きこつ》をみせねばならぬと、鳥谷玄蕃はおもった。

周囲にも秘していたが、先祖は藤原氏の家来《けらい》筋にあたっている。

一関藩への忠誠も深いが、滅びていった藤原氏への恋慕《れんぼ》も強い。

平和を希求《ききゅう》し、辺境の地に黄金の国を築き、何人にも侵されぬ独立独歩の道を歩んでいたにもかかわらず、仕舞いには巨大な権力に滅ぼされてしまった。

鳥谷は、儚《はかな》くも散っていった夢に憧憬《しょうけい》を抱き、久遠《くおん》の理想を追った先人《せんじん》の精神に尊いものを感じていた。

できれば、自分も華々しい舞台を与えられ、武人として見事に散っていきたい。

だが、今はそうした世の中ではなく、みずから死に場所をつくるしかなかった。

――くわっ、くわっ。

呪いでもかけたいのか、明《あ》け鴉《がらす》が鳴いている。

気づけば、日蔭町の日比谷稲荷の脇まで来ていた。

芝口からつづく東海道の向こうには、白々と明け初《そ》めた海がひろがっていることだろう。

もういちど、青海原を目にしてみたい。

鳥谷は淋しげに微笑《ほほえ》み、東海道を横切った。

膝のあたりまで、乳色の靄《もや》が掛かっている。

まるで、雲上を歩んでいるかのようだった。

立ちどまると、眼前には豪壮な武家屋敷の棟門《むねもん》が聳えている。

六十二万五千石、仙台藩の上屋敷だ。

ごくっと、生唾を呑む。
「ついに、あの頑強な壁を突きくずすことはかなわなんだか」
一関藩の行く末を案じつつ、鳥谷は地べたに両膝をついた。
六尺棒を握った門番は、木偶《でく》人形のようにじっと動かない。
朝靄に隠れてみえぬのか、動かずにいてくれることがありがたかった。
携えてきた三方《さんぼう》を取りだし、作法どおり、膝前にしつらえる。
三方に懐紙をひろげ、小さ刀《ちいさがたな》を横向きに置いた。
しばし、瞑想《めいそう》に耽《ふけ》る。
これは、ただの抗議ではないのだ。
諫言でもなければ、負け犬の遠吠えでもない。
自分が死ねば、きっと、遺志を受けとった者たちが動きだす。
そして、あらゆる手だてを講じ、公方の首を狙うことだろう。
さよう、わが死は、家斉という元凶を葬りさることに通じる。
はたして、それでよいのか。
逡巡《しゅんじゅん》があった。
よいのか、玄蕃よ。

最後にもういちど自問し、鳥谷玄蕃は豁然《かつぜん》と眸子《まなこ》をひらく。

いつのまにか、靄は晴れていた。

門番はとみれば、驚いた顔で身を乗りだしている。

「しばし、待たれよ」

鳥谷は小さ刀を取り、代わりに「誅」と書かれた奉書紙を置いた。

身に纏った裃《かみしも》の肩衣《かたぎぬ》を作法どおり右から脱ぎ、つぎに左を脱ぎおえたあと、三方に手を伸ばして小さ刀を取る。

懐紙で茎《なかご》を器用に巻き、襟をこじあけて皺腹をさらけだした。

右胸の弾痕が生々しい。

すでに、明鏡《めいきょう》止水《しすい》の境地にあった。

脳裏に浮かんでくるのは、青海原だ。

遥か彼方には、金色堂が浮かんでいる。

須彌壇《しゅみだん》正面の白銅板に彫られた霊鳥は、天竺《てんじく》の孔雀《くじゃく》にまちがいない。

巻柱《まきばしら》や紫檀《したん》の高欄《こうらん》を彩る螺鈿細工の宝相華《ほうそうげ》唐草文《からくさもん》も、はっきりとみえた。そして、須彌壇のうえでは、無量光仏とも称する阿弥陀如来が燦爛《さんらん》と黄金の光を放っていた。

中央の須彌壇には、藤原氏初代の清衡が眠っている。そして、向かって左の右壇には二代基衡《もとひら》が眠り、向かって右の左壇には三代秀衡《ひでひら》が眠っている。

栄華を築いた藤原氏三代の殿さまたちだった。

幼い時分から、幾度となく祈禱《きとう》した堂宇《どうう》なのだ。

鳥谷の両頬には、柔らかい笑みが浮かんでいる。

「……逝きたい。極楽浄土《ごくらくじょうど》へ」

ぶつっと、刃の先端を脇腹に突きたてた。

深々と刺して真横に引き、無造作に引きぬく。

間髪入れず、刃を上にして下腹を刺し、こんどは臍下《せいか》まで一気に裂《さ》いた。

「ぬおっ」

十文字にひらいた裂け目から、深紅の鮮血がほとばしる。

不思議と、痛みはなかった。

四肢《しし》の力が抜け、ふわりと宙に浮く。

漆黒の闇が訪れた。

四

妙なこともあるものだ。

同じ日に、碩翁派と目される佞臣ふたりに声を掛けられた。

ひとりは御側御用取次の大槻美濃守実篤、もうひとりは西ノ丸御老中の林田肥《はやしだひ》後守英成《ごのかみひでなり》だ。

大槻美濃守は、中奥の御膳所に近い厠《かわや》へ飛びこむところを見掛けた。しばらくして戻ってみると、蒼褪《あおざ》めた顔で「岩牡蠣にあたったようじゃ」とだけ言いのこし、控え部屋に戻っていった。

それだけでも、凶事の兆《きざ》しかと厭な気分になったのに、下城の刻限に折悪《おりあ》しく、こんどは林田肥後守に声を掛けられた。

肥後守といえば、かつて、蔵人介の飼い主であった長久保加賀守正忠《まさただ》と出世争いを繰りひろげ、加賀守の死によって漁夫《ぎょふ》の利《り》を得た人物だった。

その肥後守が乗っているとも知らず、蔵人介は網代《あじろ》駕籠を馬場先でやり過ごそうとした。目のまえで駕籠が止まり、無双窓《むそうまど》がかたっと開いたのだ。

「矢背蔵人介か」

特徴のある疳高《かんだか》い声で呼ばれ、ようやく、駕籠に乗った偉そうな人物の素姓がわかった。

まがりなりにも大名なので、直にはなしのできる相手ではない。

玉砂利《たまじゃり》に正座する蔵人介に向かって、肥後守は「苦しゅうない」と発した。

「碩翁さまよりお聞きしたことがある。おぬし、居合の達人らしいな。番士になる気はないか」

「怖れながら、微塵もござりませぬ」

にべもなく応じると、肥後守は溜息を吐いた。

「武士ならば、箸より刀でお仕えしたかろう。じつは、西ノ丸さまの警護に腕の立つ者が欲しいのじゃ。誰かおらぬものかと思案していたところ、おぬしのすがたが目にはいったものでな。これも何かの縁、どうじゃ、わしの配下にならぬか。軽輩づれが老中から直に声を掛けられることなど、めったにないぞ。鬼役から解きはなたれる絶好の機会であろうが」

「せっかくのお誘いながら、鬼役は矢背家に代々引きつがれたお役目にござりまする。拙者ごときの短慮《たんりょ》で、やめるわけにはまいりませぬ」

「さようか。ふん、石頭め」

無双窓はぴしゃりと閉められ、網代駕籠はみるまに遠ざかっていった。

こちらも不吉なことの前兆ではないかと疑ったが、まさか、ほんとうに凶事が起こるとはおもってもみなかった。


城内中奥、笹之間。

対座する相番の八木沼蓮次郎が、淡々と毒味をしている。

蔵人介は見届け役として若き鬼役の所作をみつめていたが、ともすると意識は別のところへ向いていった。

ほかならぬ鳥谷玄蕃のことだ。

すでに、腹を切って五日が経つ。

串部の仕入れてきたはなしによれば、惨状の場には訴状が遺されていたともいうが、事の真偽は判断できず、今のところ大條寺監物に咎めがあった気配もない。

鳥谷の死は、無駄死にだったのであろうか。

橘右近からの連絡も途絶えており、鳥谷が死んで大條寺の悪行をあばく者はいなくなった。

何やら、虚しい。

だが、鎌倉に隠棲した古耶のほうが、蔵人介より何倍も虚しさを感じていることだろう。

それにしても、ずいぶん、あっさり腹を切ってしまったものだ。

一関藩にあっては、切腹の事実は隠蔽《いんぺい》され、病死扱いにされているようだった。

襖が音もなく開き、小納戸役の配膳方が一の膳を受けとっていった。

つみれの澄まし汁を囲炉裏之間で温めなおしているあいだ、八木沼は二の膳に饗された焼き魚の骨取りをしなければならない。

尾形乾山《おがたけんざん》の焼いた平皿に載っているのは、福子《ふっこ》の蒸し焼きだ。

鱸《すずき》になる一歩手前の若魚で、わたを除いて鱗《うろこ》を削ったあと、塩を塗《まぶ》して濡れた奉書紙で巻き、焙烙《ほうろく》に入れて蒸し焼きにする。出雲《いずも》名物としても知られる「奉書焼き」を、公方はことのほか好んだ。

毒味の際は「赤穂《あこう》の塩に気をつけよ」と、八木沼には口を酸《す》っぱくして教えた。

以前、蔵人介は塩にまぜこませた山鳥兜《とりかぶと》の毒を啖《くら》い、生死の間境をさまよったことがあったからだ。

若い鬼役は笑みすら浮かべ、平然と耳をかたむけていた。

胆の太さに感心するとともに、少しばかり不安になった。

これといった理由があったわけではない。口のなかで小骨をみつけた程度のことなので、放っておいた。そのことを、今になっておもいだしたのだ。

――赤穂の塩に気をつけよ。

胸の裡に囁いても、八木沼は気にも掛けず、巧みな箸さばきで骨を取っていく。

奉書紙を器用に剝がし、まずは、身をくずさずに背骨を抜かねばならない。

蒸し焼きなので、骨は外れやすくなっていた。

細かい骨取りも済ませ、つぎは本業の毒味だ。

八木沼は箸の先端で白身を摘《つま》み、口に入れて咀嚼《そしゃく》する。

ごくりと呑みこみ、許可を得たいのか、こちらに目を向けた。

蔵人介が重々しくうなずくと、頃合いをはかったように襖が開き、さきほどの配膳方が膳を取りにくる。

福子の平皿もはこばれようとしたとき、蔵人介はひらりと掌をあげた。

「待て」

配膳方も八木沼も、身を固くする。

蔵人介は、静かな口調で命じた。

「今いちど、皿を戻せ」

「はい」

乾山の皿が八木沼のまえに戻されると、蔵人介は言った。

「念には念を入れよという諺《ことわざ》もある。八木沼、奉書紙の裏を舐めてみせよ」

「えっ」

仰天する八木沼の反応に、蔵人介のほうが驚かされた。

「おぬしは、奉書紙に包まれた身の部分を食しておらぬ。奉書紙の裏に毒が塗られていたら、福子にも毒は滲《し》みこむ」

紙を舐めれば、毒の有無はたちどころにわかる。

猛毒が塗ってあれば、死にいたる公算は大きい。

「さあ」

促しても、八木沼は奉書紙を取ろうとしない。

あきらかに、さきほどとは態度がちがう。

額にはうっすらと、汗さえ浮かべていた。

「どうしたのだ。臆したのか」

「い、いいえ」

襖の手前に立つ配膳方も異変を察し、脇差の柄に手を添える。ちょうど、首斬り役人が罪人の背後に立っているかのようだ。

「ぬふふ、ふふふ」

八木沼が低く笑った。

蔵人介は端座《たんざ》したままだ。

「さすが、矢背さま。鋭い眼力《がんりき》を備えておいでだ。矢背さまのご指摘さえなければ、すみやかに本懐《ほんかい》を遂げられていたものを」

「どういうことだ」

「雑司ヶ谷の鷹場にて、上様の仰せになったこと、拙者は一言一句洩らさずに聞いておりました」

「それで」

「とあるお方に、ご報告申しあげたのでござります」

見当がついた。鳥谷玄蕃だ。

「おぬしも、鳥谷さまの間者なのか」

「いかにも。拙者の先祖は奥州藤原氏の家来筋にあたります。もう、われらの狙いはおわかりでござろうな」

蔵人介は座したまま、毅然《きぜん》として応じない。

八木沼はくいっと胸を張り、声を荒らげた。

「愚昧《ぐまい》なる為政者を葬るのに、何のためらいがございましょうや」

後ろの配膳方が身構え、脇差を抜こうとする。

「待て」

蔵人介は、鋭く制した。

できれば、笹之間の畳を血で穢したくはない。

それに、八木沼にはどうしても聞きたいことがある。

「鳥谷さまは、一連の悪事を陰で操った黒幕の正体を存じておったのか」

「えっ」

唐突な問いに、八木沼は面食らったような顔をする。

だが、蔵人介はためらわずにつづけた。

「おぬしも存じておるなら、黒幕の名を教えてほしい」

「聞いてどうなさる」

「遺言《ゆいごん》として承《うけたまわ》ろう」

「笑止《しょうし》な。一介の鬼役に何ができると仰るのか」

たったひとりで、強大な敵に立ちむかう勇気と勝算があるのかと、若い鬼役の顔は問うている。

蔵人介は、しかと返答できない。

八木沼は畳に目を落とし、ぼそぼそ語りはじめた。

「仇敵であった大條寺監物が、鳥谷さまにその名を口走ったのでござる。これ以上、確かな証拠はござりますまい。されど、この場で黒幕の名をお伝えしたところで詮無いはなし。鳥谷さまのご遺言にも反しまする。あくまでも、われらの狙いはひとつ、上様の御首級《みしるし》のみでござる」

八木沼蓮次郎は口をひんまげ、不敵な笑みを浮かべた。

「ふふ、鬼役の矢背蔵人介こそ、上様の御身を守る最後の砦《とりで》やもしれぬ。拙者の考えていたとおりにござった。ただし、ご安心なされますな。拙者は一の矢にすぎませぬ。はたして、二の矢、三の矢と、矢背さまにふせぐことができますかどうか。常世《とこよ》から、じっくり見物させていただきましょう」

八木沼はさりげなく奉書紙を取り、内側をぺろっと舐めた。

「ぬぐっ……ぐぐぎぐ」

途端に四肢を激しく痙攣《けいれん》させ、血泡《ちあわ》を吹いて海老反りになる。

騒ぎを察した小姓たちも駆けつけ、笹之間は騒然となった。

もはや、手の施《ほどこ》しようもない。

八木沼蓮次郎は、悶絶《もんぜつ》のすえに果てた。

おおかた、山鳥兜の毒でも塗ってあったのだろう。

奉書紙を仕込んだ別の間者が、厨房方か配膳方に潜んでいたにちがいない。

「何をぐずぐずしておる。御膳をすべて引きあげよ」

蔵人介はめずらしく、腹の底から怒声を発していた。

五

数日後、裃姿で夕暮れの御濠端《おほりばた》を歩いていると、紫の袖頭巾と同じ色の靭草《うつぼぐさ》を摘む女を見掛けた。

「もしや、古耶どのではないか」

足早に駆けより、横顔に声を掛けてみる。

袖頭巾をかたむけた女は、古耶にまちがいない。

「どうしてここに」

「矢背さまを、お待ち申しあげておりました」

「えっ、わしを待っていただと」

「はい。もういちどだけ、お顔を拝見しとうてならず」

黒目がちの眸子でまっすぐにみつめられ、蔵人介はどぎまぎしてしまう。

ともに六浦湊を遊山したときの記憶が、甘酸っぱくも鮮やかに蘇ってきた。

「その節は、たいへんお世話になりました。わたくしは剃髪し、あれからずっと尼寺に籠もっております」

「剃髪なされたのか」

「はい。このとおり」

するっと、袖頭巾が外された。

かたちのよい葱坊主頭《ねぎぼうずあたま》が、沈みゆく夕陽の赤を照りかえす。

愛らしくも、神々《こうごう》しいすがたであった。

まさに、生きた阿弥陀如来《にょらい》ではないか。

蔵人介は素直に、両手を合わせたくなった。

「お似合いだ」

「うふふ、似合うも似合わぬもござりませぬ。世俗《せぞく》の縁を断ちきるために、黒髪を切ったのでござります」

「そうであったな。いや、すまぬ。どうも、わしは世俗の垢にまみれておるようだ」

「矢背さまは、けっして世俗の垢にまみれてなどおられませぬ。誰の意見にも左右されぬ鉄のご意志をお持ちです」

「融通《ゆうずう》の利かぬ男なのさ」

「いいえ。今どき、得難《えがた》いお方でいらっしゃいますよ」

褒められて頰を染めることなど、何年ぶりであろうか。

ふたりは黙って肩を並べ、土手道をぶらぶらしはじめた。

「古耶どの、鳥谷さまのこと、残念であったな」

「あのような終わり方をなされるとは、夢にもおもっておりませなんだ。されど、信念にしたがってなされたことゆえ、悔いはござりますまい」

「悲しくはないのか」

「悲しゅうござります。心にぽっかり穴があいたような。しかも、これで兄の無念が晴らせずに終わるのかとおもうと、身悶《みもだ》えしたくなるほど口惜しゅうござりますが、心の片隅ではほっとしてもおります」

「なるほど、わからぬでもない」

君命《くんめい》を与える者がこの世から消えた以上、古耶は間者である必要がなくなった。

肩の荷がおりたように感じるのは、ごく自然なことだ。

「鳥谷さまは、よく平泉のことをおはなしになられました。北を衣川《ころもがわ》、南を太田《おおた》川《がわ》に挟まれ、北上川の右岸に広がる美しい平野。いたるところに泉が湧きでるので、平泉と名付けられた信仰の地を、こよなく愛しておられたのです。徳川さまに忠誠を誓った陪臣であっても、平泉を心の故郷としたい。中尊寺金色堂に参拝すれば、誰であろうと敬虔《けいけん》なおもいに胸を打たれるであろうと、いつも涙ながらに仰いました。間諜として育てられたわたくしにも、鳥谷さまのお気持ちはようくわかります。金色堂のもたらす平安が、どれだけ衆生《しゅじょう》の心を慰めてきたか。一度でも参拝したことのある者なら、わからぬはずはありませぬ。かの神々しき須彌壇《しゅみだん》を侵す者があれば、みずから、阿弥陀如来をお守りする黄金の孔雀となり、いかなる仏敵をも倒さねばならぬと、さように決心いたしましょう」

古耶が感情をあらわにして語ることばのひとつひとつが、蔵人介の胸に突きささる。

「ご事情をよくご存じのお方に、切腹の理由をお聞きいたしました。鳥谷さまのご本心は、大條寺監物を断罪することにあらず、公方さまの浅はかなお考えを戒めるためのものであったとか」

「上様が雑司ヶ谷の鷹場で囁かれたご発言、古耶どのも知っておられるのか」

毒を舐めて死んだ八木沼蓮次郎も、鳥谷の命にしたがう間者であった。

もしかしたら、親しい間柄だったのかもしれないと勘ぐったが、古耶はさらりと言ってのける。

「仙台藩の主立った家臣たちは、ひとりのこらずご存じですよ。古参のご重臣方などは挙《こぞ》って鳥谷さまにつづき、腹を切って覚悟のほどをしめすのだと息巻《いきま》いておられるご様子とか」

公方の口から飛びだした無責任な発言が、関わりのある者たちの気持ちを翻弄《ほんろう》しているようだった。そういえば、伊達家当主の斉邦などは、鷹狩りのあった日に体調をくずして以来、寝間に籠もったきりらしい。

「鳥谷さまのなされたことは犬死にも同然と、したり顔で仰る向きもござります。なるほど、一介の陪臣の諫言が公方さまに聞きとどけられるはずもない。それでも、鳥谷さまは奥州人の気骨をしめしたかったにちがいありません」

「奥州人の気骨か」

涙ぐむ古耶の様子に、何やら危ういものを感じた。

尼寺に隠棲すると言いながら、密かに何かを企んでいる者の意志が殺気となって立ちのぼっているのだ。

古耶どの、ほんとうにあきらめたのか。

兄上の仇《かたき》でもある大條寺監物を、生かしておいてもよいのか。

蔵人介は、何度も胸の裡で問うてみた。

それと察したのか、古耶が重い口をひらく。

「けっして、仇討ちをあきらめたわけではありませぬ。ただ、鳥谷さまのご遺志に背くわけにはまいらぬと」

「わからぬな。ご遺志とは何だ」

抜け荷で甘い汁を吸う悪党を許し、歩みよることか。

いったい、何のために、仇敵と和解しなければならぬのか。

「鳥谷さまは切腹の際、訴状をしたためておられたと聞いたが」

「訴状や罪状書きのたぐいは、ござりませんでした。三方に置かれた奉書紙の表には、血文字で『誅《ちゅう》』と記されておったとか」

「『誅』か」

八木沼蓮次郎のことばが、ぽっと脳裏に浮かんだ。

――愚昧なる為政者を葬るのに、何のためらいがございましょうや。

鳥谷が誅したかった相手は、大條寺監物ではない。公方なのだ。

公方家斉を葬るという目的を果たすべく、大條寺に覚悟のほどをしめしたかったにちがいない。

やはり、鳥谷は公方を諫言するためではなく、誅するために腹を切った。

が、はたして、その壮絶なる遺志を、仇敵である大條寺に受けとめる度量《どりょう》はあるのだろうか。

蔵人介は首を振った。

憶測しても詮無いことだ。

それより、古耶には別のことを聞いておきたい。

「大條寺の背後に控える黒幕の名を、古耶どのは鳥谷さまから聞かされておらなんだのか」

「聞かされてはおりませぬが、鳥谷さまが一度だけ、笑いながら仰ったことがありました。黒幕はどうやら、魚《うお》の目《め》で悩んでおられるようだと」

「足の裏にできた疣《いぼ》だそうです。戯れ言かもしれませぬゆえ、どうか、お気になさらぬように」

「魚の目」

すでに日は落ち、あたりは薄暗くなっていた。

ふたりは濠端を離れ、麴町から四谷御門へ向かった。

右手には番町の武家屋敷がひろがっている。

火除地を過ぎて右に曲がれば、鈴振り谷だ。

おもえば、鈴振り谷の坂道で駕籠図を拾ってから、運命の糸車はまわりはじめた。

駕籠図を拾っていなければ、古耶と出遭っていたかどうかもわからない。

おそらく、出遭っていなかったであろうし、一連の出来事に深く関わることもなかっただろう。

「矢背さま、わたしはここで」

「え」

奇《く》しくも、鈴振り谷へと通じる分かれ道であった。

「辻駕籠を待たせてござります」

「さようか」

ともに歩くときを稼ぐために、わざわざ、遠くに駕籠を待たせてあったらしい。

「おつきあいいただき、かたじけのうござりました。もはや、浮世《うきよ》に未練はござりませぬ」

大袈裟なことを中すなと、たしなめてやりたかった。

だが、尼寺に隠棲すると決めたかぎり、二度とこうして肩を並べて歩くことはできまい。

おそらく、顔をみるのも今日で最後になろう。

抱きしめてやりたい衝動を抑え、顎を引いてうなずく。

「されば な」

「矢背さまもどうか、お達者で」

古耶は踵《きびす》を返し、楚々《そそ》とした仕種で歩きはじめた。

ほんとうは、兄の仇を討ってほしいと、託したかったのではあるまいか。

大條寺監物に引導を渡し、悪事のからくりと黒幕の正体をあばいてほしいと、頼みたかったのではあるまいか。

鳥谷が死に、八木沼も死に、正直、気力が萎《な》えていた。

だが、古耶のためなら、もう一度己を奮《ふる》いたたせることはできる。

古耶の願うことならば、どのような難題《なんだい》でもやり遂げてみせる。

――戻ってこい。

離れゆく背中に声を掛ければ、胸に飛びこんできてくれるだろうか。

蔵人介は悄然《しょうぜん》と佇んだまま、淋しげに遠ざかる背中を追いつづけた。

六

古耶と別れて三日後、蔵人介は中途半端な心持ちで仙台坂を下っていた。

右手には仙台藩の広大な下屋敷がある。

悩んだあげく、決着をつけに来たのだ。

正面の二ノ橋から槍持ちを従えてやってくるのは、大條寺監物にほかならない。

日没前の逢魔刻《おうまがとき》、坂を行き交う人影はほかになく、蔵人介は五体から放たれる殺気を隠そうともしなかった。

古耶の恨みを晴らしてやりたい。

その一念で参じてはみたが、安易《あんい》に奔れば大怪我をすることもわかっている。

蔵人介は右手の正門を通りすぎ、ゆっくり近づいていった。

大條寺は異変に気づき、足を止める。

両者の間合いは、十間《けん》を切っていた。

「仙台藩御勘定奉行、大條寺監物さまとおみうけいたす」

「何者だ」

「拙者は公儀鬼役。矢背蔵人介と申す」

「ほほう、鬼役か」

「以前、お会いしたことが」

高輪の『月亭』で、江刺屋とともに待っていた頭巾侍だ。

まちがいないと確信しつつ、探りを入れてみる。

「ふん、おぼえておらぬわ」

大條寺は口端《くちのは》を吊り、不敵な笑みを浮かべた。

長身痩軀《ちょうしんそうく》で肩幅は広く、色悪《いろあく》を演じる歌舞伎《かぶき》役者のような面立《おもだ》ちだ。

五十を超えていると聞いたが、肌の色艶《いろつや》はよく、髪も黒々としており、十は若くみえる。

「そういえば、鬼役のひとりが毒を舐めて死んだと聞いた。まことか」

「まことにござる。相番で対座しておりました」

「なるほど、おぬしか。八木沼なる若造を死に追いやったのは」

「八木沼蓮次郎をご存じか」

「ぬはは、あの若造は、腹を切った鳥谷玄蕃の間者であった。もっとも、それを知ったのは、若造が覚悟の死を遂げたあとのことだがな」

間者であることをどのように知り得たのか、蔵人介は糾したかった。

だが、無駄であろう。

相手には、こちらの狙いがわかっている。

「わしの命が欲しいのか。ふふ、ただではやらぬぞ」

大條寺は槍持ちから自慢の十文字槍《じゅうもんじやり》を受けとり、頭上でぶんと旋回《まわ》してみせる。

「わしが宝蔵院流槍術の遣い手と知っての狼藉《ろうぜき》ならば、おぬしの覚悟を褒めてつかわそう。にえい……っ」

気合一声、出しぬけに穂先が伸びてきた。

これを鼻先で躱《かわ》し、蔵人介は愛刀の国次《くにつぐ》を抜きはなつ。

「つお……っ」

突きの一撃につづいて、横薙《な》ぎに腹を狙われた。

これを払いのけるや、柄頭《つかがしら》で頬桁《ほおげた》を狙った打擲《ちようちやく》がくる。

「うっ」

頭上を襲った旋風《せんぷう》が、道端の笹叢を揺らした。

驚いた雀が飛びたつ。

「ぬふふ、鼠め、刺客のくせに逃げてばかりか」

突き、薙ぎ、払い、さらには打擲と、卓越《たくえつ》した技を繰りだされ、蔵人介は塀際へ追いつめられた。

なるほど、予想以上の手並みだ。

が、相手の技倆をはかる以前に、みずからの覚悟に煮えきらぬものがある。

そのあたりを鋭く見抜いたのか、大條寺はあっさり槍をおさめた。

「矢背とやら、おぬしの心には迷いがある。迷いの原因は疑念だ。わしが真《しん》に斬るべき相手なのかどうか、迷っておるのであろう」

指摘されたとおりだった。

なぜ、あれほどの敵意を抱いていた鳥谷玄蕃が、大條寺監物を裁くこともなく死んでいったのか。その理由がはっきりしないかぎり、無闇に刀を使ってはいけないような気がする。

仇討ちをあきらめたわけではないが、鳥谷の遺志に背くわけにはまいらぬと、古耶も言っていたではないか。

さらに、大條寺の口から黒幕の名を聞きだしたいという思惑もあった。

鳥谷が口を噤んで逝った今となっては、黒幕の正体を知る者は大條寺をおいてほかにいない。

「わしに何か聞きたいことでもあるのか」

「ある」

「申してみよ」

「あなたは江刺屋と結び、夜光貝の抜け荷で巨利を得、さんざん甘い汁を吸ってきた。それに相違ござらぬか」

「くだらぬ。それがどうした。みずからの才覚で儲けた金で何をしようが、勝手であろう。他人にとやかく言われる筋合いはない」

「その才覚を、なぜ、藩政に活《い》かそうとせぬ」

「儲けた金で、お救い小屋でも建てろと申すのか。ふん、そのようなことをしても焼け石に水だ。奥州全土を襲った飢饉は、付け焼き刃で太刀打ちできるほど甘いものではない。すでに、五十万人もの領民が死んでおるのだ。それにな、わしは儲けた金のほとんどを、千代田城で偉そうにふんぞりかえっておる連中にくれてやった。

賄賂さ。公儀のお偉方は、上から下まで毒水に浸かっておる。おぬしとて、知らぬではあるまい」

知っている。そうした連中を肥らせておくことが腐敗を生み、無能で無策な連中をのさばらせておくことに繋がるのだ。

「鬼役ごときに、きれいごとを吐いている暇はない。わが藩の借財は百万両にものぼっておるのだ。公儀の上の連中を抱きこんでおかねば、道普請《みちぶしん》だの川普請《かわぶしん》だのと、いくらでも手伝い普請の無理難題が振りかかってくる。借財はいっそうかさみ、早晩、藩は滅びるであろう。わしはわしのやり方で、仙台一国の台所を支えておる。千代田城に巣くう悪党どもと対峙するには、こちらも情けを押し殺し、きゃつら以上の悪党にならねばならぬのだ」

「悪党の詭弁《きべん》にしか聞こえぬが」

「さよう、おぬしのごとき刺客に何を言おうが、馬の耳に念仏《ねんぶつ》にちがいない」

教えてくれと、蔵人介はみずからに問いかけた。

目のまえに立つ人物は、真の悪党なのかどうか。

断罪すべき者は、もっとほかにいるのではないか。

「どうせ、おぬしも公儀の上から命じられてまいったのであろう。そやつらも同じ穴の狢《むじな》だとはおもわぬか。真に断罪すべき者はひとり。それはな、徳川家斉よ」

抗う力が湧《わ》いてこない。

心のどこかで認めているのだ。

将軍家斉こそ、諸悪の元凶なのだと。

大條寺は、朗々《ろうろう》とした声を響かせる。

「翳《かげ》りゆく雲間に月の舟浮かべ常世の光求めてぞ来ぬ。これはな、上屋敷の門前で腹を切った大莫迦者が詠《よ》んだ辞世の句よ」

「まさか、鳥谷さまの」

「ほほう、やつを存じておるのか」

大條寺は懐中に手を入れ、ぼろぼろになった奉書紙を取りだした。

「三方に遺された血染めの遺言書だ」

たしかに、表には「誅」とある。

「本来なら、わしの犯した罪を綿々《めんめん》と綴るべきところ、辞世の句だけがぽつんと遺されておった。目にした途端、ぴんときたのさ。伊達政宗《まさむね》公の詠まれた辞世の句にしたがって、叛逆《はんぎゃく》の遺志を唱《とな》えたものであろうと」

蔵人介は胸の裡で、伊達政宗のよく知られた辞世の句を暗誦《あんしょう》した。

——曇りなき心の月を先立てて浮世の闇を照らしてぞ行く
大條寺の言うとおりだ。

鳥谷はあきらかに、政宗の句をなぞっている。

「戯《たわむ》れたにしては凝《こ》りすぎておる。そうはおもわぬか。これは叛逆を煽《あお》る呼びかけなのだ。仙台藩との縁を切り、公方を誅殺《ちゅうさつ》せよと、あの大莫迦者はわしを煽りおった。しかも、命と交換にな」

大條寺は、真っ赤な目で吼《ほ》えていた。

なぜだ。なぜ、そのように感情を昂《たか》ぶらせる。

「鳥谷玄蕃は、わしの実兄なのだ」

「えっ」

「元服してすぐさま養子に出されたゆえ、わしは姓が変わった。根っこは同じ、奥州藤原氏の家来筋にあたる。しかも、第三代秀衡公のご遺言に背き、源頼朝の命で義経公を誅せんとした第四代泰衡《やすひら》公に諫言し、面前にて腹を切った忠臣の末裔《まつえい》じゃ」

「……な、何と」

「中尊寺金色堂を侵さんとする者は、何人も許すことあたわず」

凄まじい気迫を込め、大條寺は十文字槍を振りまわす。

――ぶわっ。

風圧に飛ばされかけた。

「兄とわしは月の表と裏。奉公先は一関と仙台に分かれても、ともに背負うは奥州の行く末であった。ただ、やり方に善と悪のちがいが生じただけのこと。兄はわしの遣り口が死ぬまで許せず、死をもって弟を戒めようとしたのだ。わしはしっかりと、反骨の遺志を汲《く》みとった。真の悪党は千代田城にいる」

心が痺《しび》れていた。

とても、命を狙う気にはならない。

「公方にとって、鬼役のおぬしが最後の砦になるやもしれぬ。それもあって、長広舌を披露した。敢えて、命は獲らずにおこう。おぬしに覚醒《かくせい》の機会を与えるためにな。万が一にもわしが失敗《しくじ》ったら、おぬしにわしの役割を演じてもらわねばならぬまい」

「お断り申す」

「ふはは、あくまでも公方を守りとおすのか」

「幕臣《ばくしん》ならば、当然のこと」

「ふふ、そうはいかぬのが人間のおもしろいところよ。むふふ、昨日の敵は今日の友、今日の友は明日の敵。ついでに、抜け荷で潤った最大の奸臣が誰か、教えてほしくはないか」

蔵人介は、ぐっと身を乗りだす。

「やはり、聞きたいようだな。そやつは、足の魚の目に悩んでおる。効験《こうげん》を欲するのなら、極楽寺《ごくらくじ》の疣取り地蔵を詣《もう》でよと伝えておいた。おおかた、二十三夜待ちの夜更けにでも、のこのこ出掛けるに相違ない」

「極楽寺とは堀切《ほりきり》菖蒲園《しょうぶえん》の」

「ふん、自分で探せ」

大條寺は十文字槍を従者に持たせ、すぐ脇を通りすぎていく。

蔵人介は逡巡しつつも、刃を向けることができなかった。

七

翌日の夜、蔵人介は中奥と大奥の境目にある「隠し部屋」に呼びつけられた。

呼びにきたのは公人朝夕人で、茶室のような狭い部屋で待っていたのは橘右近だ。

橘は丸眼鏡を鼻に引っかけ、あいかわらず、古狸のような面をしている。

「来たか。早いもので、菖蒲の季節になったのう」

「はあ」

「おぬしがどこまでやるか、泳がせておいたのじゃ」

「えっ」

「ふふ、まさか、仙台坂まで足労しておきながら、獲物を逃すとはのう」

蔵人介は、みるみる不機嫌そうな顔になる。

「何でもお見通しというわけでござるか」

「何でもというわけではない。大條寺監物と通じる幕閣の黒幕が誰なのか、しかと摑んではおらぬからな」

「大條寺から賄賂を受けとった重臣など、山ほどおりましょう」

「されど、老中首座の毒殺を仕掛けた者はひとりじゃ」

「毒殺の下手人を、まだ追っておられるので」

「忘れたと申すのか。ならばなぜ、おぬしは大條寺のもとへ向かったのだ」

「少なくとも、橘さまの命を受けてのことではござりませぬ」

「ふん、可愛げのないやつめ。おぬしが江刺屋を葬ったことで、探索は滞っておるのじゃ。あれは失態ぞ。わかっておるのか」

「承知しております」

「たわけめ」

冷たく突きはなされ、蔵人介は口を噤んだ。

「おぬし、なにゆえ、大條寺を斬らなんだ」

わからぬ。

死をもって大條寺を生かした鳥谷玄蕃の遺志を守りたかったのか。あるいは、大義めいたものを叶露した大條寺の迫力に気圧《けお》されたのか。しかとはわからぬ。

「それにしても、驚いたわい。鳥谷玄蕃と大條寺監物が血を分けた兄弟だったとはな。しかも、家斉公を亡き者にせしめる由々《ゆゆ》しき目途《もくと》のために手を結ぶとは、想像だにしておらなんだ。これもすべては、鷹場における上様のご発言のせいじゃ。中尊寺金色堂を紅葉山に移すなどと、わしとて耳を疑ったわ」

万が一にもそのような無謀をおこなえば、藤原氏四代の祟《たた》りがあるやに相違ないと、橘は吐きすてる。

「命を狙われても詮方あるまい。身から出た錆《さび》とはいえ、困ったものよの」

うっかり本音を洩らす老臣のことが、少しばかり哀れにおもえてきた。

心労も多いことだろう。気のせいか、窶《やつ》れたようにもみえる。

「若い鬼役が毒を舐めて死んだらしいな。凶行を阻んだのは、おぬしの手柄じゃ。そやつも、鳥谷玄蕃の命を受けておったのか」

「はい。八木沼蓮次郎は、死ぬ直前に申しました。自分は一の矢にすぎず、二の矢、三の矢が放たれようと」

「それよ。公人朝夕人の調べでは、すでに、中尊寺最強の刺客が放たれておるやもしれぬという」

「中尊寺最強の刺客」

「正体はわからぬ。ただ、刺客は金孔雀《きんくじゃく》と呼ばれておるとか」

「金孔雀」

大條寺監物の顔が、ふっと脳裏に浮かぶ。

仙台坂での尋常ならざる様子からすれば、みずから十文字槍を引っ提げ、千代田城まで公方の首を獲りに参じかねない。

「たしかに、大條寺本人が刺客とも考えられる。あの者が修羅《しゅら》と化せば、いかに公人朝夕人とて阻むのは難しい。おぬしも覚悟をきめておくことじゃ」

返事に詰まると、橘は声を荒らげた。

「わかっておろうな。おぬしは徳川家の禄を食《は》む幕臣、いざとなれば上様の盾となり、その身で槍を受けねばならぬ。いかに理不尽なことでも、お役目に疑念を抱いてはならぬ。一片の疑念は死を招くぞ。それを肝に銘じておけ」

「はは」

蔵人介は頭《こうべ》を垂れ、畳に両手をついた。

橘がつづける。

「それからもうひとつ、金色堂移設の件を上様に囁いた者がおるらしい」

「まことにござりますか」

「そやつこそ、奸臣のなかの奸臣じゃ」

「どなたか、ご見当は」

「はっきりとはせぬが、御側御用取次の大槻美濃守あたりであろう」

公方のおぼえめでたき美濃守ならば、あり得ないはなしではない。

お美代の方や碩翁らに取り入り、今の地位を摑んだ野心家とも聞いている。お美代の方の実父である日啓とも蜜月の間柄で、雑司ヶ谷感応寺に金色堂を建立する件を推進していた重臣のひとりだった。

「されど、なにゆえ、さような戯れ言を上様のお耳に入れたのでござりましょう」

「わからぬ。深謀遠慮《しんぼうえんりょ》のすえかもしれぬ」

「と、仰ると」

「上様のお命が欲しくなった。ゆえに、わざとお命が狙われるように仕向けた」

「まさか」

「邪推《じゃすい》が過ぎると言いたいのか。されどな、お世継ぎのことが絡んでおるとすれば、一応の筋は通る」

大奥では今も、ふたつの勢力のあいだで熾烈《しれつ》な継嗣《けいし》争いがおこなわれていた。

一方は、才気《さいき》煥発《かんぱつ》なお美代の方を中心とする勢力だ。加賀前田《かがまえだ》家へ嫁いだ長女溶《よう》姫《ひめ》が犬千代《いぬちよ》丸という男子を産んだ。幼い孫を次々期将軍にせんとすべく、お美代の方は各所へ働きかけをおこなっている。中奥においても、御側御用取次の大槻美濃守を中心に一大勢力が築かれ、向島に隠居したはずの碩翁などは政事に容喙《ようかい》する傲《ごう》慢《まん》さまでみせていた。

もう一方の西ノ丸派と呼ばれる勢力は、次期将軍家慶《いえよし》の生母お楽《らく》の方と家慶の世《せ》嗣《し》政之助《せいのすけ》の生母お美津《みつ》の方を中心とするものだ。この勢力は家斉の正室茂姫《しげひめ》とも密接に関わっていた。

鍵を握る御台所《みだいどころ》の茂姫は、側室の分際で我が物顔に振るまうお美代の方を毛嫌いしている。家斉の寵愛を失って久しいとはいえ、そこは薩摩《さつま》の名君島津重豪《しまづしげひで》の愛娘、近衛《このえ》家の養女となって輿入《こし》れしたものの、心底には薩摩人の剛直《ごうちょく》な気風を備えていた。

通常ならば、御台所を神輿に担いだ西ノ丸派に分《ぶ》があると考えがちだが、あにはからんや、大奥内の勢力図は拮抗《きっこう》しており、年寄中﨟《としよりちゅうろう》から御末《おすえ》にいたるまで二手に分かれて張りあっている。

橘右近はといえば中立を堅持しており、どちらにも加担していない。孤独に耐える自信があったからこそ、敢えて中立の道を選んだのさ、といつもうそぶいていた。

「家斉公はつい先だって、内々で次々期将軍になるべきお方の名を口にされた。前田家の犬千代丸さまじゃ。おおかた、お美代の方にねだられ、酔うた勢いで洩らされたのじゃろう。それを聞いた西ノ丸派の落胆ぶりというたらなかった」

西ノ丸派の意を汲み、美濃守が動いたとでもいうのか。

「おぬしの疑念はもっともじゃ。大槻美濃守は碩翁さまの操《あやつ》り人形と目されておるからの。されど、機をみるに敏《びん》の美濃守はどうやら、西ノ丸の家慶公に近づいておるのよ。西ノ丸御老中の林田肥後守を介してなあ」

繰りかえしになるが、林田肥後守は蔵人介の飼い主であった長久保加賀守と老中の地位を争った人物だ。策士の碩翁が将軍継嗣の拠る西ノ丸に打った布石《ふせき》ともいわれている。

ともあれ、美濃守にしろ、肥後守にしろ、奸臣であることにまちがいない。

「継嗣家慶公にとって、のどから手が出るほど欲しいものは何じゃ。将軍の座布団であろうが」

まさか、将軍の座を得んがために、父の命を狙わせたというのか。

父子のあいだに確執があるとはいえ、にわかに信じがたいはなしだ。

が、頭から否定はできない。家斉の治世は五十年にもおよぼうとしていた。いくら何でも長すぎる。家慶は四十を超えても将軍の座に就《つ》くことができず、父を恨んでいるはずだった。自棄酒《やけざけ》を呷《あお》りながら「西ノ丸に根が生えた」と公言していると も聞く。

一日でも早く将軍になりたいと欲しているのに、権力の座にしがみつく家斉が隠居するか死なないかぎり、家慶に春は訪れないのだ。

「人の欲に際限はない。美濃守がさらなる出世を望んだとしても不思議ではなかろう。碩翁の使い走りに、ほとほと嫌気《いやけ》がさしたのじゃ。西ノ丸派に寝返っても、わしはいっこうに驚かぬ。それに、老中首座に毒を盛らせたほどの者ならば、家斉公を亡き者にせんと企てたところで不思議ではあるまい」

「毒を盛らせたのは、大槻美濃守と仰せで」

「わからぬ。ただ、御側御用取次の美濃守ならば、出羽守さまに引導を渡すこともできたはずじゃ」

大條寺監物の催した宴席にも、美濃守は何度となく顔を出していたという。

「されば、黒幕と考えてよろしゅうござりますか」

「いや、待て。こんどばかりは、おぬしに先走りされては困る。動かぬ証拠を摑むまでは自重しておれ」

「つかぬことをお聞きしますが、美濃守さまは魚の目でお悩みにござりましょうか」

「魚の目、何じゃそれは」

「い、いえ、何でもござりませぬ」

「ふん、変わったやつじゃな」

さすがの古狸も、魚の目のことまでは知らぬようだ。

ささやかな抵抗からか、蔵人介は余計なことは喋るまいとおもった。

梅雨《つゆ》の晴れ間を縫って、雑司ヶ谷感応寺における本堂用地の地固めがおこなわれることとなった。

八

感応寺の寺格は内々で「大坊《だいぼう》」とされることに決まった。幕命により、池上本門寺にたいして雑司ヶ谷感応寺の講堂建立のための勧進《かんじん》が求められ、向こう三年間は武蔵国《むさしのくに》など十箇国と府内の寺社在町、および諸大名に資金集めの義務が課された。世に威勢をしめす催しを企てたのは、悪名高き売僧《まいす》の日啓、お美代の方の実父である。

ただの地固めではない。「千本搗《せんぼんづ》き」と称され、江戸じゅうに散らばる宗門《しゅうもん》の徒が講《こう》を組んで押しだすほどの壮観な催しだった。権勢を誇るお美代の方の顔色を窺い、本丸をはじめ、公方の実家である御三卿一橋《ひとつばし》家や溶姫の嫁ぎ先である加賀前田家などの奥女中たちも参加し、鼠山一帯は華やいだ衣装や嬌声《きょうせい》で溢《あふ》れ、見物人も黒山となって取りかこんだ。

将軍家斉も煌《きら》びやかに着飾り、高台に張った幔幕《まんまく》のなかで床几に座している。

肥大したからだに寄りそっているのは、お美代の方にほかならない。美貌と才気で家斉の寵愛を一身に受け、三人の女子を産んで「お腹《はら》さま」となった。容色《ようしょく》は少しも衰えておらず、列座《れつざ》した女官《にょかん》のなかでもひときわ輝いてみえる。

家斉とお美代の方の背後には、白髪の中野碩翁が控えていた。職禄千五百石の御小納戸頭取の地位は、子飼いでもある俵辺《たわらべ》筑前守《ちくぜんのかみ》一茂《かずしげ》に譲ったものの、隠然とした力を保っている。事に寄せては家斉の伽役《とぎやく》として出仕し、政事にも平気で嘴《くちばし》を差しはさむ。老中や若年寄からも腫《は》れ物に触るように扱われ、もはや、化け物というしかなかった。

家斉のすぐ後ろには、御側御用取次の大槻美濃守実篤も当然のように侍《はべ》っている。すべて、碩翁の息が掛かった連中だけで固められており、御台所の茂姫や西ノ丸派と呼ばれる人々はひとりも列席していなかった。これだけを眺めても、お美代の方を中心に据えた一派がいかに強大な権力を握っているかが窺える。

娘の威光で今の地位を摑んだ日啓は、わが世の春を謳歌《おうか》していた。

そもそも、雑司ヶ谷に感応寺を造営する必要などないのに、みずからの力量を世にしめさんがために、莫大《ばくだい》な資金と労力を注ぎこませてきたのだ。

いまや、日啓は陽光を全身に浴び、大地にみずからの影を映しつつ、国家鎮護《こっかちんご》の祈禱をおこなっている。「法華経」の経典を読誦《どくじゅ》し、日天子《にってんし》と呼ぶ太陽に向かって「勝」の字を三度書きながら、所願成就を祈念していた。

脳裏に描くのは、荘厳な七堂伽藍であろうか。

伽藍の造営が成れば、池上本門寺から御本尊《ごほんぞん》を迎え、みずからが住職におさまる。

すでに、谷中感応寺は護国山《ごこくざん》天王寺と改称し、長耀山《ちょうようざん》感応寺の名称は新しい雑司ヶ谷感応寺に与えるものとされていた。

おそらく、参詣人は参道に溢れよう。門前には茶屋や飯屋や土産物屋が軒を並べ、賑やかな門前町が形成される。池上本門寺や身延山久遠寺《みのぶさんくおんじ》をも凌駕《りょうが》する隆盛《りゅうせい》を誇るにちがいない。

破戒僧の日啓が、大坊の高みまで昇りつめるのだ。

千本搗きの地固めは盛況のうちに進み、餅撒《もちま》きの番となった。

――餅。

と称するおひねりを、日啓と取りまきどもが撒くのである。

将軍の御前には櫓《やぐら》が組まれており、三方を小脇に抱えた日啓たちが嬉々《きき》として登っていく。

このときばかりは無礼講《ぶれいこう》なので、眼下には大勢の人々が集まってきた。

両手をひろげて万歳をし、ひとつでも多くの「餅」を拾おうと待ちかまえている。
誰しもが、浮かれ騒ぎに渇《かつ》えていた。
眸子を血走らせ、押すな押すなの騒ぎになりかけている。
まるで、無間《むげん》地獄の亡者《もうじゃ》たちが魂を啖《くら》おうと競っているかのようだ。
日啓は袈裟衣《けさごろも》の袖を怪鳥のようにひろげ、広大な更地に蠢く衆生を煽りたてる。
「功徳《くどく》じゃ、功徳じゃ。それい、餅を拾えい」
櫓のうえから、無数の「餅」が撒かれた。
人々は争って「餅」を求め、鼠山一帯は騒然となりかわる。
碩翁も大槻美濃守などの重臣たちも、われを忘れてはしゃいでいた。
家斉だけは床几にどっかり座り、表情も変えずに下々の騒ぎを眺めている。
手の届くところに控える鷹匠の腕には、次郎丸がおとなしく留まっていた。
主人と同様、剝製のようにじっとしている。
一方、お美代の方は、箍《たが》が外れたように笑いつづけていた。
「ほほほ、ほほほ」
女官たちもつられて笑い、幔幕の内は笑いの渦に包まれる。
幔幕の手前に控える蔵人介の目には、異様な光景に映った。

る。


悪鬼《あっき》どもが狂喜しつつ、亡者の争いを眺めているやにみえる。

橘右近は持病の喘息《ぜんそく》を抑えきれず、さきほどから激しく咳《せ》きこんでいた。

公人朝夕人の土田伝右衛門は家斉のいちもつを摘み、竹の尿筒に小便をさせていた。

やがて、喧噪《けんそう》は頂点に達し、境内のなかは喧嘩神輿の揉みあいでも眺めているような状態になった。

供侍《ともざむらい》の誰もが危ういと感じたが、下々の騒ぎを止める手だてはない。

小姓たちは公方の周辺を固め、功徳と称する「餅」が絶えるのを待った。

だが、凶事は天から降ってくる。

——どどどど。

聞こえてきたのは、蹄《ひづめ》の音だ。

濛々《もうもう》と土煙が巻きあがり、騎馬武者《きばむしゃ》の一群が躍りこんできた。

ざっとみたところ、十頭は超えていよう。

騎馬武者たちはみな、身を隠すように黒い被布《ひふ》を靡かせている。

「わあああ」

櫓下に集まった人々が、蜘蛛《くも》の子を散らすように逃げまどう。

一群は土塊を飛ばし、幔幕めざしてまっすぐに疾駆してきた。

「ひゃあああ」

女官たちが長い裾を引き、這々の体で逃げだす。

「待て、待たぬか」

日啓は必死に叫んだが、櫓ごと突きくずされた。

崩壊する櫓とともに、夥《おびただ》しい塵芥《じんかい》が周囲を包む。

日啓は地べたに立ちあがった途端、馬に蹴られて遠くに弾かれた。

重臣も供人もうろたえ、お美代の方と碩翁は腰を抜かしかけている。

ただ、将軍家斉と次郎丸だけは表情を変えず、じっと動かずにいた。

「小姓ども、上様の盾となれ」

叫んだのは、橘右近であった。

公人朝夕人も尿筒を抛り、騎馬の襲来に備えて身構える。

「退《の》け、退け」

馬上にある騎馬武者たちは叫び、一斉に黒い被布をはぐりとった。

「うわっ」

刹那、地にある者たちは双眸を射抜かれた。

騎馬武者たちは、黄金の鎧兜《よろいかぶと》を纏っている。

燦然《さんぜん》と光り輝く一団に、誰もが息を呑んだ。

「それい、公方の首を獲れい」

ここが主戦場とばかりに叫びあげる人物は、一群の中央で馬を駆る大條寺監物にほかならない。

「させるか」

蔵人介は土を蹴り、先頭の騎馬に駆けよった。

国次を抜刀するや、黒鹿毛の前脚に斬りつける。

――どう。

黒鹿毛が前のめりに倒れ、武者が宙を泳いだ。

「うわああ」

さらに、二頭目、三頭目と、やつぎばやに倒す。

後続は前進できず、馬群は混乱をきたしはじめた。

――ひひいん。

竿立《さおだ》ちになった馬から、後ろに振りおとされる者もいる。

「それっ、掛かれい」

橘の怒号が響き、抜刀した供人たちが殺到した。
馬の鞍《くら》は螺鈿細工で飾られ、黄金の孔雀が彫ってある。
だが、鞍に見惚《みと》れている余裕はない。
今や、幔幕の正面は修羅場と化していた。
「雑魚《ざこ》に構うな。狙うは公方の首ひとつ」
大條寺も馬から飛びおり、自慢の十文字槍を振りまわす。
供人の首が飛ばされ、宙に高々と弧を描く。
「ひえええ」
女官たちの悲鳴が響いた。
ここは戦場なのだ。
刃と刃が火花を散らし、鮮血が噴きあがる。
阿鼻叫喚《あびきようかん》が鼠山を埋めつくし、地獄絵さながらの景色となった。
相手は黄金の鎧武者だが、防ぐほうも腕自慢の剣客を揃えている。
しかも、人数は遥かに多いので、形勢は守る側の優位にかたむいていった。
ところが、大條寺の強さは別格だった。
十文字槍で供人を串刺しにし、公方のもとへ着実に近づいてくる。

小姓たちは危機迫る鬼の形相《ぎょうそう》に呑まれ、金縛りにあったように動けない。

「くせものめ」

ただひとり、老臣の橘が白刃を抜いてみせた。

「退《の》け、老いぼれ」

大條寺は、ぶんと槍をひと振りさせる。

「ほげっ」

太い柄に頰桁を叩かれ、橘は二間近くも吹っ飛んだ。

床几に座る家斉のもとまでは、ほんの数間しかない。

「待てい」

獅子奮迅《ししふんじん》のはたらきをみせていた蔵人介が、大條寺の正面に立ちはだかった。

「ぐふふ、やはり、おぬしか」

大條寺の鎧は、返り血で濡れている。

肩に落ちた黒髪は乱れ、真っ赤な口は耳まで裂けているかにみえた。

蔵人介にしても全身に返り血を浴び、地獄の獄卒《ごくそつ》になりかわっている。

すぐそばで死闘が繰りひろげられるなか、対峙するふたりのまわりだけは静寂に包まれた。

大條寺の声が朗々と響く。

「翳りゆく雲間に月の舟浮かべ常世の光求めてぞ来ぬ」

実兄鳥谷玄蕃が綴った辞世の句だ。

「申したであろう。おぬしに覚醒の機会を与えると。ここが正念場じゃ。退けい」

ことばの魔力に吸いよせられ、ふっと力が抜けた。

「けえ……っ」

槍の穂先が鼻面《はなづら》に伸び、躱したとおもった瞬間、激痛が走る。

ずぽっと穂先が抜かれ、鮮血がほとばしった。

「ぬぐっ」

右胸を貫かれたのだ。

おもわず、片膝をついた。

その脇を風神《ふうじん》のごとく、大條寺は擦りぬけていく。

「……ま、待て」

追っても間にあわない。

供人も小姓も呆気に取られている。

ぱっと、次郎丸が飛んだ。

「うぬっ」
十文字槍が宙に伸び、鋭利な穂先が次郎丸の胴を串刺しにする。
刹那、大條寺は脾腹《ひばら》を剔《えぐ》られた。
鎧の繋《つな》ぎ目を狙われたのだ。
「……な、なにやつ」
足許にうずくまるのは、公人朝夕人にほかならない。
あまりに動きが捷《はや》すぎて、誰ひとり気づかなかった。
と、そのとき。
公方家斉が、床几からのっそり立ちあがった。
いつのまにか、愛刀の三日月宗近《みかづきむねちか》を握っている。
細身で腰反りの強い刀身が、大上段に掲げられた。
「ぬはは、下郎め、何をさらす」
家斉は叫び、無造作に愛刀を振りおろす。
――びゅん。
三日月の刃文《はもん》が煌めき、大條寺監物の首が落ちた。
公方は血塗《ちまみ》れの刀を抛り、何事もなかったかのように背を向ける。

大條寺の首無し胴は倒れもせず、鮮血を噴きあげていた。
刮目《かつもく》する蔵人介の手前に、生首が転がってくる。
なぜか、満足げな笑みを浮かべていた。
——すでに最後の矢は放たれた。何人も金孔雀を阻むことあたわず。
大條寺の首が口を利いた。
いや、幻聴であろう。
われに返ると、怪我人たちの呻《うめ》き声が充満していた。
血腥《ちなまぐさ》い惨状は、熾烈な戦いの様相を物語っている。
「……こ、これは、悪夢なのか」
もはや、立ちあがる気力もない。
生きているのが不思議なくらいだ。
蔵人介は傷の痛みに耐えながら、いつまでも血に染まった野面を眺めていた。

九

三日ほど寝込み、どうにか動けるようになった。

家人はさすがに止めたが、蔵人介は晒《さら》しをきつく巻いて裃に着替え、城に出仕した。

むしろ、頬骨を折った橘のほうが重傷だったようで、まともに喋ることもできないという。

血に染まった鼠山では、浄《きよ》めのお祓《はら》いがおこなわれた。

公方はこれを機に感応寺の復興そのものをあきらめてくれるものと期待したが、そのようなお達しはない。

黄金の鎧兜を身に纏った騎馬武者たちの襲来は、大勢の人々が目にしていたにもかかわらず、瓦版《かわらばん》に書かれることもなかった。

公儀が体面を保つべく、箝口令《かんこうれい》を敷いたのだ。

すべては、なかったことにされた。

もちろん、何日かすれば、江戸の隅々まで噂はひろまる。

なかには、黄金の鎧兜を求めて足をはこぶ者も出てこよう。

ともあれ、惨状に居合わせた者たちにとっては、悪夢のような出来事だったと言うしかない。

八木沼蓮次郎が一の矢ならば、二の矢は大條寺監物であった。

まだ、三の矢が残っている。

傷を押して出仕したのも、中尊寺最強の刺客に備えるためだった。

はたして、金孔雀は実在するのか。

蔵人介は笹之間に座り、夕餉の毒味を無事に終えた。

そこへ、重臣付きの部屋坊主が音もなくあらわれ、そっと耳打ちをした。

「お人払い御用にござります」

連れていかれたさきは、老中が執務につく上御用部屋の手前、七曲《ななまが》り廊下の北端に位置する溜《たまり》だった。

小庭に面した殺風景な部屋で、あまり使う者もいない。

西側は御成廊下に面していたが、すでに公方は大奥に渡ったあとなので、今は見廻り役の番士以外に渡る者もいなかった。

部屋坊主は襖を開けて内へ導くと、どこかへ消えてしまう。

有明行灯《ありあけあんどん》の灯る八畳間で待っていたのは、疾《と》うに下城したはずの水野越前守忠邦であった。

「……ご、ご老中」

蔵人介は部屋の隅にかしこまり、平蜘蛛のように平伏した。

「苦しゅうない。近《ちこ》う寄れ」

「へへえ」

相手は万石取りの大名、しかも、幕政を与《あずか》る老中である。

二百俵取りの鬼役が、直にはなしのできる相手ではない。

柄にもなく、躙《にじ》りよる膝が震えた。

と同時に、疑念が湧いてくる。

「面《おもて》をあげて楽にせよ」

「は」

礼儀に則《のっと》り、すぐには面をあげずにいると、ぱちっと扇子をたたむ音がする。

「直答《じきとう》を許す。面をあげい」

「はは」

蔵人介は顔をあげ、伏し目がちに相手をみた。

「いつぞやは、命を救ってもろうたな」

忠邦は脇息にもたれ、親しげに微笑んでみせる。

まさか、そのときの礼ではあるまい。しかも、あのとき忠邦を背負って逃げたのは、公人朝夕人の土田伝右衛門であった。蔵人介は陽動の駒として使われ、むしろ、忠邦の命を危険にさらす側だった。

「そちは味方だと、鳥谷玄蕃は囁いておった。それにしても、あの鳥谷が上様を亡き者にする企てを講じようとはな。もはや、誰が味方かもわからぬ。唯一、近習《きんじゅ》のなかで信用できるのは、御小姓組番頭の橘右近じゃ。ふっ、入れ歯まで砕かれ、たいそう苦労しておるらしいがの」

橘は高熱を発して床《とこ》に臥《ふ》せっており、火急《かきゅう》の際は矢背蔵人介を呼んでほしいと告げられたのをおもいだしたのだという。

「橘の懐刀《ふところがたな》ならば、期待どおりのはたらきをしてみせよ」

「はは」

懐刀などではないと応じかけ、蔵人介はことばを呑みこむ。

とりあえず、火急の案件とやらを聞いておかねばなるまい。

「御側御用取次の大槻美濃守は存じておるな。あの者の配下に潜りこませた間者から、さきほど、由々しき報せがあった。どうやら、大奥に賊が潜りこんだらしい」

「何と」

「刺客やもしれぬ。金孔雀のことは聞いておるな」

「は」

「その者が大奥に潜入したとすれば、上様のお命は風前《ふうぜん》の灯火《ともしび》となろう」

「怖れながら、ご配下の間者はいずこに」

「死におった。小柄《こづか》のようなもので、目を刺されてな」

瀕死《ひんし》のからだで報せをもたらし、その場で息を引きとったという。

刺客にやられたのだ。やはり、三の矢は放たれていた。しかも、射られたさきは大奥という厄介《やっかい》なところだ。

「ご配下の間者は、何か口にしませなんだか」

「いまわに洩らしておった。塵箱《じんこ》、塵箱とな」

「それはおそらく、塵箱を集める老爺《ろうや》のことでござります。塵箱爺《じじい》に化ければ、大奥のなかを自由に出入りできましょう」

「それじゃ。わしはこれより大奥へおもむき、上様の身辺警護をおこなう。本丸老中なれば、大奥への出入りも許されようからな。信用はできぬが、若年寄にも命じ、御広敷《おひろしき》の伊賀者どもを配置につかせた。おぬしも伊賀者に化け、大奥に潜入せよ。刺客をみつけ次第、成敗いたせ。逡巡してはならぬぞ」

「は」

いかに無理な内容でも、老中の君命に逆らうことはできない。

蔵人介は畳に額ずき、中腰のまま後退った。

命を受けたはよいが、どうやって大奥へ潜入すべきか迷った。

中奥と大奥は銅瓦塀で厳格に仕切られ、通行できるのは上御錠口と下御錠口の二箇所しかない。

上御錠口は公方の奥入りに使われ、公方は着流しで幅一丈《じよう》六尺《しやく》余りの御鈴《おすず》廊下を渡り、九尺七寸の大きな杉戸を通って大奥へ踏みこむ。この杉戸は将軍しか通りぬけが許されず、中奥と大奥との往来を許された御坊主は、隣にしつらえた六尺五寸の杉戸のほうを通らねばならない。

いずれにしろ、二箇所の御錠口を通りぬけできる者はかぎられていた。

今ごろ、公方は上御錠口を抜けて右手の蔦《つた》之間御小座敷において、側室たちと茶飲み話に興《い》じているところだろう。

就寝は亥ノ刻前後、同じ御小座敷の御上段之間に絹の三つ蒲団が敷かれ、お気に入りの御中﨟《おちゆうろう》とともに床入りとなる。その際、御坊主も見届け役として同じ蒲団に眠ることとされていた。

ともあれ、躊躇している暇はなかった。

一刻も早く、大奥へ潜りこまねばならない。

小役人は火急の際であっても御鈴廊下を渡ってはならぬため、頭に浮かんだ進入路はひとつしかなかった。

「厠か」

御座之間と御休息之間を繋ぐ萩《はぎ》之御廊下に面している。

公方だけが使う厠で、入口の杉戸を開けると手桶《ておけ》や盥《たらい》が備えつけられ、庭側は高塀で囲われていた。大小便ともに二枚障子を挟んで広さは一坪ずつ、大便のほうには引きだし付きの御樋箱《おひばこ》が置かれ、公方が用を足すと、ただちに引きだしを抜いて掃除することになっていた。

冬には火鉢が置かれ、夏には蚊遣《かや》りが焚かれる。所望されずとも、小姓は団扇《うちわ》で風を送らねばならない。

ほかの厠のように「万年《まんねん》」と呼ぶ深い縦穴は掘られていなかった。が、小姓たちも知らぬ横穴が掘られており、いざというときは暗い隧道《ずいどう》を通って大奥へ逃れる仕組みになっている。

横穴のことを教えてくれたのは、公人朝夕人にほかならない。

蔵人介は見廻りの目を巧みに避け、暗い萩之御廊下を忍び足で進んだ。

厠の杉戸を開けた途端、伽羅《きゃら》の香りに鼻を擽られる。

「うっ」

突如、人の気配が立った。

「お待ち申しあげておりました」

暗がりから、ぬっと白い顔が差しだされる。

公人朝夕人、土田伝右衛門だ。

「お怪我の塩梅は」

「よいはずがなかろう」

「右腕は動きましょうか」

「動く、どうにかな」

「されば、これにお着替えなされ」

伊賀者に化けるべく、筒袖の柿色装束を手渡された。

どうやら、越前守から橘を介して、はなしは通じているらしい。

「されば、まいりましょう」

頼り甲斐のある尿筒持ちは床の羽目板《はめいた》を外し、穴のなかへ消えていった。

十

背を屈め、狭い横穴をしばらく進む。

すると、空井戸の底へたどりついた。

公人朝夕人は鉤手《かぎて》の付いた縄を投げ、遥か高みの木枠の縁に引っかける。

そして、縄を伝ってするすると登り、上から縄梯子《なわばしご》を下ろしてくれた。

蔵人介はそれでも苦労して登りきり、何とか穴の外へ身を投げだす。

空には月があった。

築山《つきやま》や石灯籠《いしどうろう》が蒼々と照らされ、泉水《せんすい》のある庭であることがわかる。

橘の拠る「隠し部屋」でみたことのある大奥の絵図面をおもいだす。

ひょっとしたら、ここは公方寝所の御小座敷に面した庭であろうか。

公人朝夕人がうなずいた。

「泉水を挟んで右手の南側にある建物が御小座敷、正面が御対面所、左手奥の北側にみえるのが御座之間にござります」

公方の寝所は右手御小座敷の御上段之間、庭に張りだしているのは隣接する蔦之間だった。

が、庭から蔦之間へ侵入するのは難しい。守《まもり》の伊賀者たちが十重《とえ》二十重《はたえ》の網を張り、待ちかまえているからだ。

しかも、部屋の周囲は鉄板を挟んだ雨戸に覆われており、裂け目をつくって侵入するのは不可能に近い。床下と屋根裏にも、伊賀者たちの罠が仕掛けてあるはずだ。

「拙者が刺客ならば、やはり、御屋敷内に侵入いたしましょうな」

「どうやって」

「御屋敷のまわりは鉄板の仕込まれた雨戸や鎧戸で囲まれておりますから、容易くは侵入できませせぬ」

公人朝夕人はうそぶき、泉水の左手に顎をしゃくる。

公方が大奥で目見得などをする御座之間のほうだ。

御上段、御下段、御二之間、御三之間、御次之間、御仏間などからなる。

「御上段床の間の裏手に厠がござる。庭から西にまわりこめば、葛西《かさい》の百姓たちが汲みとりように使う隧道がござりましてな、隧道を進んでひとつ目の万年を伝っていけば、厠から御屋敷内へ侵入できますする」

「また厠か」

「こんどは、一段と臭《くそ》うございますぞ」
公人朝夕人は、声を殺して笑う。
泉水の縁を、ふたつの影が躍った。
石灯籠の手前で、ふと、足を止める。
口に指を当て、静かにしろと促された。
公人朝夕人は這いつくばり、紫陽花の叢へ近づく。
——あっ。
声をあげそうになった。
伊賀者らしき人影が座したまま、石灯籠にもたれている。
眠っているのか。
いや、死んでいるのだ。
がさっと、叢が動いた。
「ぬぐっ」
呻いたのは、公人朝夕人だ。
急いで駆けよると、右胸に矢が深々と刺さっている。
鏃《やじり》は背中から突きだし、下手に引きぬくこともできない。

鏃に毒が塗ってあれば、一命をとりとめることはかなうまい。

伝右衛門が恨めしげに目を向けたさきには、伊賀者の屍骸《むくろ》が座っている。

「ん」

よくみれば、手に弓を握らされていた。

近づいた者にたいして、矢を射る仕掛けになっていたようだ。

「……ふ、不覚をとり申した……ま、まさか、死人に矢を射られるとは……」

公人朝夕人は、震える手で鉤手の付いた縄を押しつけてくる。

「……し、刺客は近くに潜んでござる……せ、拙者に構わず、お行きなされ」

「わかった」

後ろ髪を引かれるおもいで、蔵人介はその場を離れた。

身を低くし、石灯籠から松の木陰まで走る。

――びゅん。

飛来した矢が、松の幹に突きたった。

蔵人介は、弦音《つるおと》のしたほうへ駆ける。

笹叢が揺れ、人影が飛びだしてきた。

「つおっ」

白刃が鼻面を舐めた。
身を沈めて避け、逆《さか》しまに水平斬りを繰りだす。
——きいん。
金音とともに、短い白刃が宙に弾けとぶ。
間髪《かんはつ》入れず、袈裟懸けに斬りおろした。
「げっ」
肉を裂いた感触があった。
人影は地べたに転がり、仰向《あおむ》けになる。
すかさず飛びかかり、馬乗りになった。
刺客は千枚通《せんまいどお》しを握り、目を突いてくる。
「くっ」
咄嗟に躱し、腕を取って捻《ね》じまげた。
白刃を首筋にあて、留《とど》めを繰りだす。
「うっ」
見知った顔だ。
留めの刃が逸《そ》れた。

「おぬし、船頭藤太か」

鳥谷玄蕃の間者にして、古耶の幼馴染みでもある。

「……い、いかにも、藤太にござる」

「まさか、おぬしが金孔雀であったとは」

「ぬふふ」

「何が可笑しい」

「あのときの矢背さまと同じ、拙者は陽動の駒にござる」

「何だと」

「金孔雀は今ごろ、公方の寝所に忍んでおりましょう。いかに、矢背蔵人介とて、阻むことあたわず」

「なにっ」

「さらばでござる。むぎゅっ」

厭な音が聞こえた。

藤太は舌を嚙みきったのだ。

物言わぬ屍骸を残し、御座之間の西へまわりこむ。

なるほど、公人朝夕人が言ったとおり、汲みとりに使う隧道があった。

大井は高く、屈む必要もない。
なかは真っ暗で、洞窟《どうくつ》のようにひんやりとしている。
手探りでさきへ進むにつれて、強烈な臭いが襲ってきた。
手拭いで鼻と口を隠し、ひとつ目の「万年」までたどりつく。
が、はたして、糞尿《ふんにょう》を溜める大甕《おおがめ》をどうやって登ればよいのか。
「ええい、ままよ」
大甕の縁によじ登り、手鉤の付いた縄を抛った。
三度目でどうにか、木枠の縁に引っかかる。
「よし」
強度をためしたのち、腕力だけで登りはじめた。
傷の痛みなど、気にしていられない。
息を詰めて登りきり、木枠の外へ身を投げだす。
そこは床が板敷きの大便用で、障子を開けると伽羅の匂いがした。
陶器の甕に水が張ってあり、かたわらの皿には香木《こうぼく》を焚いたあとがある。
おそらく、女官たちが使う厠なのだろう。
隣には畳の敷かれた公方用の厠も併設されているはずだ。

蔵人介は音を起《た》てぬように手を洗い、香木の灰を全身に振りまいた。

それでもかなり臭いが、さきを急がねばなるまい。

杉戸を抜けた向こうは、禁断の大奥である。

はたして、家斉公は無事であられるのか。

杉戸に手を掛けるや、心ノ臓が早鐘《はやがね》を打ちはじめた。

十一

将軍や御台所が使う座敷の外周は御入側《おいりかわ》と呼ばれ、外縁側との狭間に畳敷きで一間幅の通路がめぐらしてある。

この御入側を伝って御座之間から御対面所を通りすぎ、東西に延びる長い廊下に出た。

右手の西側正面をめざし、突きあたりを左手の南側に曲がれば、寝所のある御小座敷は近い。

突きあたりの右手隅には女官の詰める御溜があり、左手隅には御鈴番所がある。

この御鈴番所が鬼門《きもん》だったが、蔵人介は見張りの目を盗んで、まんまと通りぬけた。

正面には御鈴廊下が、上御錠口までつづいている。

いつもは、反対側からしか目にできない。

上御錠口の向こうが、中奥なのだ。

抜き足差し足で廊下を進み、足を止めて耳を澄ます。

右手の襖を開ければ御次があり、御簾《みす》を隔てたそのさきに寝所の御小座敷御上段之間があるはずだ。

物音は何ひとつ聞こえてこない。

蔵人介は桟《さん》に油を流し、そっと戸を開けた。

はっとする。

不寝番《ふしんばん》の御中﨟がひとり、こちらに背を向けて座っていた。

公方の手が付いていない「御清《おきよ》の方」と称する女官で、朝まで寝ずに侍《はべ》らねばならぬ酷《こく》な役目だ。

蔵人介はそっと近づき、女官の背後から口をふさごうとする。

だが、その必要はなかった。

薬で眠らされていたのだ。

何ひとつ物音は聞こえてこない。

行灯のかぼそい光に、絢爛豪華《けんらんごうか》な座敷の内装が浮かびあがった。

床の間の張付壁《はりつけかべ》や襖障子の腰には、狩野《かのう》派の絵師によって描かれた障壁画が飾られている。天井は金箔の蝶や金紺青の松竹梅を象《かたど》った唐紙貼りの鏡天井で、三重の長押《なげし》を打った天井下には幅の狭い蟻壁《ありかべ》がめぐらされてあった。

御次之間は、床が一段低い。

十畳敷きの寝所へ向かうには、蹴込《けこ》みの小壁がある高い床を乗りこえていかねばならなかった。

御簾の向こうには、あきらかに、人の気配が蠢いている。

ひとつ蒲団のうえには、白羽二重の寝間着を纏った公方とお気に入りの御中臈が横たわっているはずだ。

それともうひとり、添い寝役の御伽《おとぎ》坊主もいる。

御中臈ともども床に就き、閨房《けいぼう》の仔細《しさい》を御年寄に伝える老女だ。

剃髪しているので、尼僧のような名で呼ばれている。

――尼僧か、しまった。

蔵人介は臍《ほぞ》を嚙み、御簾の直前まで躙りよる。

公方のものらしき鼾《いびき》が聞こえた。

「ぬごっ」

無事であられたか。

ほっと安堵したのもつかのま、御簾の向こうから女の声が聞こえてきた。

「矢背さま、遅うござりましたな」

「ん、やはり、その声は……」

御簾が音もなく落ちる。

褥《しとね》のうえに身をもたげているのは、白羽二重を纏った美しい尼僧であった。

「……こ、古耶どの。そなたが、金孔雀なのか」

「いかにも、さようにござりまする」

古耶のかたわらでは、公方と御中﨟が寝息を起てている。

「ご安心なされませ。薬で眠っておられるだけですから」

「よくぞ、忍びこめたな」

「雑作《ぞうさ》もござりませぬ。手引きしてくれる者があったゆえ」

「誰だそれは」

「西ノ丸派の御中﨟にござります。ほら、そこに添い寝しておられる、おふじの方にござりまするよ」

公方に寵愛されている御中﨟が、裏切ったとでもいうのか。

「おふじの方と通じているのが、どうやら、大條寺監物から莫大な賄賂を引きだしていたご重臣のようで」

「黒幕か」

「いかにも。その人物こそ、おふじの方の口を借りて、公方さまのお耳に金色堂の移設を囁かせた張本人でござります。すなわち、わたくしは、この手で討たねばならぬ仇敵の手を借り、公方さまの寝所まで忍んでまいりました」

「それは、鳥谷さまの遺命を遂げるため」

「されど、最後の最後で逡巡しております。このまま、公方さまを殺《あや》めれば、仇敵のおもうつぼ。わたくしは、利用されているにすぎませぬ」

「それを知っておったなら、鳥谷さまは命を出さなかったと」

「はて、わたくしにはわかりませぬ」

「やめておけ。家斉公を殺めても、将軍の座布団に座るお方がすり替わるだけのこと。世の中が変わるわけでもない」

「まことに、そうおもわれますか」

きっと睨まれ、蔵人介はうろたえた。

「わたくしは、家斉公が今の世をこのようにした元凶かと存じまする。死をもってその罪を贖《あがな》うべきならば、誰の命であろうとも事を成し遂げる所存にございます」

最初から、古耶はやる気なのだ。

自分の存念を、誰かに聞いてほしかったにちがいない。

「藤太は死んだのですね」

「ふむ、みずから舌を嚙んだ」

「立派な死を遂げたのですね」

「ああ、そうだ」

「藤太とは、ほんとうの兄妹のように育ちました。大悟が長兄で、藤太が次兄。歳の近い藤太のほうが、わたくしを可愛がってくれて。うふふ、でも、わたくしたち三人は間者になるべく育てられたのです。間者には、みずから運命を選ぶことはできませぬ」

「やめてくれ、お願いだ」

懇願する蔵人介を、古耶は憐《あわ》れむようにみつめた。

「矢背さま、お腰にある長柄刀は、ご自慢の来国次にござりましたね。柄の内には刃が仕込んであるのでは」

「さよう、八寸の刃が仕込んである」

「やはり、そうでしたか。あなたさまには、あなたさまのお役目がおありでしょう。それをやり遂げるのに、逡巡があってはなりませぬ」

「待ってくれ。そのような役目など、わしはどうでもよい。古耶どの、そなたを失いたくないのだ」

「矢背さま、もう手遅れなのでございます」

古耶は、懐中に忍ばせた短刀を抜きはなつ。

「公方家斉、覚悟せい」

「待たぬか」

咄嗟に指が動いた。

ぴんと、柄の目釘《めくぎ》が弾けとぶ。

飛びだした八寸の刃を、蔵人介は投擲した。

刹那、古耶の胸に白刃が吸いこまれた。

「うっ」

白い蒲団のうえに、深紅の花弁が散る。

蔵人介は駆けより、古耶の肩を抱きおこした。

「お、おい、しっかりいたせ」

的を外したはずなのに、八寸の刃は心ノ臓を貫いている。

そうなることをのぞんで、みずから差しだしたかのようだった。

「……ご、ご使命を……は、果たされましたね」

にっこり微笑み、古耶はこときれた。

かたわらでは、家斉が平和な顔で眠っている。

蛇が鎌首をもたげるように、殺意が迫りあがってきた。

古耶の手にある短刀を奪い、公方の首筋にあてがう。

「刺客の本懐、遂げてみしょう。いやっ」

横に払った短刀が蔵人介の手を離れ、すぐわきの床柱に刺さる。

ちょうどそこには、葵の紋所《もんどころ》が象られてあった。

あいかわらず、公方は寝息を起てている。

蔵人介は古耶の亡骸を両腕に抱え、大奥の寝所に背を向けた。

―二

大奥での惨事が表沙汰になることはない。

血塗れの蒲団をみて、公方がどのような反応をみせたのか、蔵人介には知りようもなかった。

ただ、ともに褥にあったおふじの方は気鬱《きうつ》を患い、永《なが》のお暇《いとま》を出された。

二度と大奥の敷居をまたぐことはあるまい。これも欲深さが招いたこととおもえば、憐れみも感じなかった。むしろ、背後で糸を引く者への怒りが、めらめらと燃えあがるだけのはなしだ。

救いといえば、公人朝夕人が一命をとりとめた。

それは、橘右近から直に聞いたはなしだ。

公方の危機を救ったことで、水野越前守の信頼を得ることができた。

越前守からはわざわざ、褒美を取らせたいと申し出があったという。

もちろん、嬉しくも何ともなかった。

高輪の東禅寺へおもむき、古耶の亡骸を荼毘《だび》に付した。

東禅寺には有壁大悟の墓がある。

兄妹といっしょに、藤太も弔ってやった。

この世には、地位の高い者たちの君命を帯びて闇に潜み、光を浴びることもなく消えていく者たちがいる。過酷な運命をあたりまえのように受けいれ、本懐を遂げれば潔く死んでいく。悲しい間者たちの死にざまを忘れぬよう、蔵人介は折に触れて墓参に訪れるつもりだった。

無論、儚《はかな》くも死んでいった者たちの無念だけは、晴らさねばならない。

皐月《さつき》二十三夜、月待ちの願掛け。

蔵人介は串部六郎太をともない、堀切菖蒲園のそばにある極楽寺へ向かった。

——おおかた、二十三夜待ちの夜更けにでも、のこのこ出掛けるに相違ない。

かつて仙台坂で、大條寺監物はそう言った。

「まちがいありませんな。疣取り地蔵のある極楽寺と申せば、江戸にはこの寺しかございませぬ」

串部は落ちついた口調で言った。

「黒幕が足の魚の目に悩んでおるのなら、かならずや、すがたをみせましょう」

「そうであることを願っておるがな」

「やはり、御側御用取次の大槻美濃守が黒幕なのでござりましょうか」

「かもしれぬ。されど、明確に黒幕の名を口にした者はおらぬ」

「魚の目で悩んでおる重臣もみつけられませなんだし、今宵が最初で最後の機会になるやもしれませぬな」

「来てくれればよいが」

今宵ばかりは、微塵の逡巡も許されまい。

「いつになく、気合がはいっておられますな」

串部はそう言い、三体ある疣取り地蔵に塩を擦りこんだ。

「じつは、拙者も疣がござります。ほれ、ここに」

月代の端に、小指大の疣がある。

「ぬへへ、触っておったら、どんどん大きゅうなりおって」

石灯籠に灯った火が揺れた。

風が出てきたようだ。

参道の向こうから、小田原提灯《おだわらぢょうちん》が近づいてくる。

「殿、来ましたぞ」

「おう」

「供人たちは、どういたしましょう」

「抗う者は斬るしかあるまい。主人同様、さんざ甘い汁を吸っておる連中だ。地獄へおくっても罰はあたらぬ」

「かしこまりました」

格別な気持ちの昂ぶりはない。悲しみも怒りもなかった。

どれだけ身分の高い相手でも、やるべきことをなすだけのことだ。

提灯を携えていたのは、先触れの供侍だった。

背後につづくのは、大名の乗る茣蓙打《ござうち》のお忍び駕籠だ。

日覆《ひおい》と屋根のあいだが透かしてあり、太い黒の八つ打紐《うちひも》で結んである。

轎夫《きょうふ》と呼ぶ駕籠かきは三人、塗笠をかぶった供侍は先触れを入れて五人だ。

すでに、疣取り地蔵のそばに、ふたつの人影はない。

蔵人介は串部と分かれ、石灯籠の陰に身を隠した。

疣取り地蔵のまえで黒塗りの駕籠が止まり、供侍のひとりが簾を捲《めく》りあげる。

白足袋ではなく、甲高《こうだか》のむくんだ素足が差しだされた。

魚の目に悩んでいる足のようだ。

腰を屈め、駕籠の主があらわれた。

「あやつか」

おもわず、蔵人介はつぶやいた。

西ノ丸御老中、林田肥後守英成であった。

家斉に媚《こ》びを売ることで立身出世を遂げたにもかかわらず、家斉の命と交換に自分と一族の安泰を手に入れようとした。お美代の方や碩翁の側から西ノ丸派に寝返り、汚れ役を引きうけたのだ。

お美代の方や日啓に恩を売るべく、老中首座の水野出羽守を毒殺させたのも、大條寺監物から莫大な賄賂を引きだしたのも、林田肥後守にちがいない。おそらく、手にした賄賂の大半は西ノ丸派を懐柔《かいじゅう》するために費やされたのだろう。

「くだらぬ」

どうでもよい派閥争いのために、古耶たちは命を落としたのだ。

それをおもうと、腹の底から怒りが湧きあがってくる。

美味いものばかり食べているせいか、林田は古希とはおもえぬほど若々しい。

肥えた腹を揺すって三体の地蔵に歩みより、手で盛り塩を掬《すく》って地蔵の足を撫ではじめる。

「まいろう」

蔵人介は石灯籠の陰から、のっそり身を乗りだした。

反対側の杉の木陰からも、串部の影が躍りだす。

白刃が鈍い光を放った。

自慢の鎌髭、同田貫だ。

「くせもの」

供侍たちは異変に気づき、林田の盾となる。

「命が惜しくば、邪魔だていたすな」

「ええい、黙れ」

ふたりが抜刀し、斬りかかった。

串部はすっと消え、地べたすれすれを疾駆《しっく》する。

「ぬぎゃっ」

供侍が転がった。

根が生えたように残されたのは、二本の臑だ。

「ひぇええ」

駕籠かきどもが、尻をみせて逃げた。

残った供侍三人は、串部を三方から取りかこむ。

林田はといえば、地蔵の背後に隠れていた。

「ぬげっ」

ひとり、またひとりと臑を刈られ、最後の供侍が参道に倒れる。

「不運にも、担ぐ主君をまちがえたな」

蔵人介は表情も変えず、三体の地蔵に近づいた。

右端の地蔵に呼びかける。

「肥後守さま、お顔をおみせくだされ」

林田は半分だけ顔を出し、目を飛びださんばかりに瞠《みは》る。

「おぬし、鬼役ではないか」

「さよう、矢背蔵人介にござる」

「そ、そうか。助っ人にまいったのか。よし、あやつを始末せよ」

「君命にござりますか」

「そうじゃ」

「命を遂げたら、いかがいたします」

「地位でも、金でも、望むものは何でもくれてやる。言うてみろ」

「されば、黄金の孔雀とでも申しておきましょうか」

「黄金の孔雀か。よし、わかった」

林田は暗がりから身を剝がし、鼻先によたよた近づいてくる。

「さあ、あやつを始末せい」

指差したさきには、蟹のような体軀《たいく》の串部が佇《たたず》んでいる。

蔵人介は林田に顔を向け、厳しい口調で語った。

「黄金の孔雀とは、中尊寺金色堂の須彌壇に描かれた阿弥陀如来の眷属《けんぞく》にござる」

「それがどうした」

「金色堂を紅葉山へ移すこと、家斉公は御中﨟のおふじの方に囁かれたと聞きました」

「げっ、なぜ、おぬしがそれを」

「やはり、そうであったか。肥後守さま、おふじの方をそそのかされましたな」

「うるさい。早《はよ》う、刺客を斬れ」

「そうはまいらぬ」

「えっ」

「おぬしこそが、奸臣のなかの奸臣。生きておっては世のためにならぬ」

「何じゃと、わしは西ノ丸の老中ぞ」

「ふん、魚の目に悩む悪党であろうが」

「無礼者」

林田は愛刀の柄を握り、ぎこちない仕種《しぐさ》で抜刀する。

もはや、一片の憐憫《れんびん》もなければ、逡巡もない。

蔵人介は鬼と化した。

「ぬりゃ……っ」

抜き際の一撃が闇を裂いた。

「ぬげっ」

間抜けな声を発したのは、胴から離れた生首であろうか。

高々と飛ばされた老中の首は、夜空の向こうに消えていった。

十三

待合の涼み台で襟をはだけ、扇子をそよがせる侍がいる。

辻裏《つじうら》からは流しの三味線が聞こえ、堀端には涼を求めて繰りだす涼み舟が何艘も浮かんでいた。

紫陽花や石榴の花が散り、江戸は梅雨明けを迎えている。

蒸すような暑さのなか、蔵人介は義弟の市之進を連れ、浮世小路へやってきた。

待合からみえるのは『百川』という名の知られた料理屋の黒板塀だ。諸藩の留守居役が幕府の重臣を接待するところで、ひと晩で何十両もの金が消える。吉原の大見世と同様、薄給取りの小役人には縁遠いところにほかならない。

西の空には夕焼けがひろがり、鴉がねぐらへ帰っていく。

蔵人介は涼み台に座り、景気づけの茶碗酒を呷っていた。

隣に座る市之進とは、ずいぶん久しぶりに会ったような気がする。海老屋惣次が大川で爆殺され、目付の調べが頓挫《とんざ》して以来、ひとり蚊帳《かや》の外に置かれていたのだ。

「市之進、おなごたちはまだか」

「久方ぶりの外なので、厚化粧に手間取っておられるのでしょう」

「困ったものだ」

「それにしても、忠勤のご褒美に『百川』にてひと晩の饗応とは、お上も粋なはからいをしてくださる」

「ご老中直々のお達しゆえ、お受けせぬわけにもいくまい」

「水野越前守さまは、すっかり義兄上《あにうえ》をお気に入りのご様子。やはり、笹之間にて

八木沼　某《なにがし》の凶行を阻んだことが理由でござりましょうか」

「さあな」

大奥や極楽寺での出来事を、市之進は知らない。

呑気《のんき》な義弟の顔を眺めていると、ほんとうにあったことではないようにもおもえてくる。

「大きい声では申せませぬが、拙者にはちと腹に据えかねていることがござります」

「何だ」

「五日前の晩、林田肥後守さまが極楽寺の境内にて、何者かに斬られた件でござる。越前守さまより、探索にはおよばずとのお達しがござりました」

「目付筋で探索しておったのか」

「当然にござる。西ノ丸の御老中が、あのように無残な死に方をなされたのですぞ。これを調べずして、何の目付にござりましょうや」

義弟は鼻の穴をひろげ、興奮の面持ちでまくしたてる。

「拙者がおもうに、あれは暴漢の仕業にあらず。刺客による闇討ちにござります」

「根拠はあるのか」

「いいえ、今のところは。ただ、調べる価値は大いにござります。なにせ、例の夜光貝の抜け荷に、肥後守さまが深く関与していた事実が浮かびあがってまいりましてな」

「ほう、肥後守さまが」

「江刺屋が裏帳簿を残しておりました。帳簿に明記された闇金の流れたさきで、桁違いに金額の多かったのが肥後守さまでござる。大條寺監物の背後にいた黒幕とは肥後守さまではなかったかと、拙者は考えております」

「ふうん」

蔵人介はあくまでも、知らぬ振りをきめこむ。

「されど、今さら探ってどうなる。死人に口無しだぞ」

「大條寺監物は死に、江刺屋もあの世へ逝きましたが、抜け荷に関してはわからぬことだらけにござる。ひきつづき探索をおこない、悪事の全容を解明することこそ、拙者に課された使命ではないかと」

「立派な心懸けだが、四角四面《しかくしめん》に考えぬほうがよい。終わったことをねちねち蒸しかえすのが、おぬしの悪い癖だ」

さまざまな凶事がかさなり、雑司ヶ谷感応寺の造成は中断している。

大條寺率いる騎馬武者たちに荒らされた地には鬼門が建てられ、本堂は同じ鼠山の別のところに移すこととされた。

さほど遠くないところにまた、新たに地固めの千本搗きが催されることであろう。馬に蹴られても死なずにいた日啓やお美代の方の強力なはたらきかけもあって、感応寺の復興そのものがとりやめになることはなさそうだ。

が、中尊寺金色堂の移設は沙汰止《さたや》みとなった。

肝心の公方も興味を失ったようで、取りまきも胸を撫でおろしている。

古耶たちの願いは報われたが、それと引きかえに支払われた代償はあまりに大きかったと、蔵人介はおもわざるを得ない。

「お、来られましたぞ」

市之進が腰を持ちあげた。

志乃と幸恵が、用心棒役の串部に導かれてくる。

いつもより頬紅《ほおべに》が濃く、眉の剃《そ》り跡も生々しい。

蔵人介も立ちあがって迎えると、さっそく、志乃が皮肉を洩らした。

「生涯に一度のご褒美なら、お伊勢詣りにでも連れていってほしかった」

「養母上《ははうえ》、何を今さら仰せにござる。死ぬ前に一度でいいから『百川』で夕餉《ゆうげ》に饗されてみたいと、そう仰ったではありませぬか」

「まさか、かなうとはおもうてもみませなんだ。かなうとわかっておれば、お伊勢詣りのほうを申しておったにのう」

「ならば、やめにしますか」

腹を立てた蔵人介に、志乃はにっこり笑いかける。

「せっかくのご厚意を断ったら、ご老中さまの面目《めんぼく》を潰すことにもなりましょう」

「なっ」

蔵人介が悪態を吐《つ》こうとしたところへ、幸恵がすかさず割ってはいった。

「お義母さま、まことに、このような贅沢《ぜいたく》が許されてよいのでござりましょうか。世の中には、お米も食べられずにいる人々が大勢おられるというのに。何やら、申し訳ないような気がいたします」

「おい、幸恵、はなしをややこしくするな」

蔵人介は口を尖らせ、強い口調で叱りつける。

「われらとて、いつ飢えるともかぎらぬのだぞ。そうなったとき、ああ、あのとき『百川』で美味いものを死ぬほど食べておけばよかったと、悔やんでも後の祭りだ。今宵、相伴《しょうばん》に与れば、悔いのない一生だったとあきらめもつこう」

「なにやら、味気ないおはなしにござりますな」

「楽しみを先延ばしにしておったら、身が保《も》たぬということさ」

「それならば、納得できそうな気もいたします。ねえ、お義母さま」

「そうねえ。幸恵さんの仰るとおりかもしれませぬ。太平楽な養子どののお顔を立ててさしあげましょうか」

「はい」

黒板塀の入口へ向かうふたりの背中へ、市之進が声を掛けた。

「今宵は鱸《すずき》の洗いがござるとか。ほっぺたが落ちますぞ」

振りむかずとも、女たちの嬉々とした様子は伝わってくる。

――どどん。

大川の方角から、遠雷《えんらい》のような轟音が聞こえてきた。

彼方の空を仰げば、花火が大輪の花を咲かせている。

「忘れておった。今日は川開きであったな」

滔々と流れる大川には、花火見物の遊覧船や死者を供養する施餓鬼船が何艘も繰りだしていることだろう。

「……古耶」

儚くも散った者の名が、蔵人介の口から洩れた。
黒板塀の片隅には、合歓《ねむ》の花が咲いている。
わずかに残る光のなかで、薄紅色の絹糸に似た花が目を閉じるように萎《しぼ》んでいく。
胸の奥に燻《くすぶ》る怒りは次第に鎮まり、気持ちが楽になってきた。
脳裏に浮かんだのは、青く澄んだ六浦湊の光景だ。
——矢背さまの笑顔、大好きですよ。
古耶の戯《おど》けたような囁きが、恋慕の涙を誘う。
「手向けの花にでもしよう」
蔵人介は腰を屈め、合歓の花に手を伸ばした。

図版・表作成参考資料

『江戸城をよむ――大奥　中奥　表向』（原書房）

『江戸城本丸詳圖』（人文社）

光文社文庫

文庫書下ろし／長編時代小説

間《かん》　者《じや》　鬼役《おにやく》　六《ろく》

著者　坂《さか》岡《おか》真《しん》

2012年9月20日　初版1刷発行

発行者　駒井稔
印刷　堀内印刷
製本　榎本製本

発行所　株式会社　光文社
〒112-8011　東京都文京区音羽1-16-6
電話（03）5395-8149　編集部
8113　書籍販売部
8125　業務部

ISBN978-4-334-76465-4　Printed in Japan

組版　萩原印刷

お願い　光文社文庫をお読みになって、いかがでございましたか。「読後の感想」を編集部あてに、ぜひお送りください。

このほか光文社文庫では、どんな本をお読みになりましたか。これから、どういう本をご希望ですか。

どの本も、誤植がないようつとめていますが、もしお気づきの点がございましたら、お教えください。ご職業、ご年齢などもお書きそえいただければ幸いです。当社の規定により本来の目的以外に使用せず、大切に扱わせていただきます。

光文社文庫編集部

佐伯泰英の大ベストセラー！

吉原裏同心シリーズ

廓の用心棒・神守幹次郎の秘剣が鞘走る！

(一) 流離　『逃亡』改題
(二) 足《あし》抜《ぬき》
(三) 見《けん》番《ばん》
(四) 清《すが》搔《がき》
(五) 初花
(六) 遣《やり》手《て》
(七) 枕《まくら》絵《え》
(八) 炎上

(九) 仮《かり》宅《たく》
(十) 沽《こ》券《けん》
(十一) 異《い》館《かん》
(十二) 再建
(十三) 布石
(十四) 決着
(十五) 愛憎
(十六) 仇討

光文社文庫